君《きみ》型《がた》迷《めい》宮《きゅう》図《ず》

作・久《く》米《め》絵《え》美《み》里《り》

絵・元《もと》本《もと》モトコ

朝日学生新聞社

君型迷宮図《きみがためいきゅうず》

もくじ

その日々《ひび》のことを、僕《ぼく》はぼんやりと覚《おぼ》えている。
ぼんやりとしか、覚《おぼ》えていないわけじゃない。
ぼんやりとでも、覚《おぼ》えているんだ。
本来《ほんらい》なら忘《わす》れているべき、夢《ゆめ》のようなその記憶《きおく》。
でも僕《ぼく》は、その日々《ひび》のことを、今《いま》も確《たし》かに覚《おぼ》えている。

第一章　事故紹介《じこしょうかい》

苦《くる》しい。

目《め》が覚《さ》めた時《とき》、まず感《かん》じたのは、そんな息苦《いきぐる》しさだった。

空気《くうき》はどんよりと重《おも》く、あたりは全体的《ぜんたいてき》にうす暗《ぐら》い。

ここは、どこだっけ。

目《め》をこらしてまわりを見《み》ようとしても、なぜだろう。視界《しかい》がぐわりぐわりとゆがんで、よく見《み》えない。それともこれは、めまいだろうか。

と、そんなめまいの奥《おく》から、なにかがぐんぐんと近《ちか》づいてくる。

近《ちか》づいてくる。

近《ちか》づいてくる。

見《み》えてくる。
一、二、三。
三人《にん》の人間《にんげん》が、体《からだ》に影《かげ》をこびりつけて、こちらに向《む》かって走《はし》ってきているようだ。

誰《だれ》だろう。暗《くら》いのにまぶしいようなふしぎな逆光《ぎゃっこう》で、よく見《み》えない。なにか話《はなし》をしているようだけれど、聞《き》きとれない。まるで空気《くうき》が、耳《みみ》にふたをしているかのように、すべての音《おと》がこもって聞《き》こえてくる。

なんだ、なんだ。

なにが起《お》こってるんだ？

思《おも》わず体《からだ》を起《お》こそうとして、ぼくは自分《じぶん》が今《いま》まで、床《ゆか》にあおむけに寝《ね》そべっていたことに気《き》がついた。思《おも》い出《だ》したように、せなかに床《ゆか》のかたい感触《かんしょく》が広《ひろ》がる。

体中《からだじゅう》が痛《いた》い。

ものすごく痛《いた》い。

どうしたというのだろう。まるで、他人《たにん》の体《からだ》にまちがって入《はい》りこんでしまったみたいだ。

「ツクション」

急《きゅう》にくしゃみが出《で》た。思《おも》えばここは、いやにほこりっぽい。しかし、くしゃみのおかげで、ぼくの耳《みみ》にふたをしていた空気《くうき》の耳栓《みみせん》が、ふっとんだらしい。ようやく耳《みみ》に、人《ひと》の言葉《ことば》が入《はい》ってきた。

「やー、いたいた！　よかった、ちょうどお目覚《めざ》めみたいだ」

男《おとこ》の人《ひと》の、明《あか》るい声《こえ》だ。もうろうとする視界《しかい》の奥《おく》からせまってきたその人影《ひとかげ》が、ぼくの前《まえ》で止《と》まり、手《て》をさし出《だ》す。

そして、言《い》った。

「ようこそ、記憶迷宮《きおくめいきゅう》へ」

きおく、めいきゅう？

記憶《きおく》、迷宮《めいきゅう》だろうか。

なんだ、それは。

その答《こた》えを出《だ》せないまま、しかしぼくは、反射的《はんしゃてき》に、目《め》の前《まえ》にさし出《だ》されたその手《て》を、右手《みぎて》でつかんだ。すぐに、引《ひ》っぱり上《あ》げられる感覚《かんかく》が体《からだ》を走《はし》る。

とたん、視界《しかい》がぱっとひらけた。

急《きゅう》に呼吸《こきゅう》が楽《らく》になる。

唐突《とうとつ》に、いろいろなものがリアルに感《かん》じられた。

「あ、ありがとう……」

言葉《ことば》が、自然《しぜん》と口《くち》からこぼれ落《お》ちる。

余韻《よいん》は、まるで久《ひさ》しぶりに口《くち》にした大好《だいす》きな食《た》べものの味《あじ》のように、口《くち》の中《なか》にじんわりとなつかしく広《ひろ》がった。それでぼくは少《すこ》し安心《あんしん》して、引《ひ》っぱり上《あ》げてくれたその人物《じんぶつ》を見上《みあ》げる。

立《た》ち上《あ》がってなお、見上《みあ》げてしまうほどの長身《ちょうしん》。年《とし》のころは、十五、六だろうか。すらりとしたスマートな印象《いんしょう》の青年《せいねん》だった。

こげ茶色《ちゃいろ》の編《あ》み上《あ》げブーツに、適度《てきど》に色落《いろお》ちしたダメージジーンズ。腕《うで》まくりをしたカーキ色《いろ》のシャツの胸《むね》ポケットには、一本《ぽん》の立派《りっぱ》なペンがささっており、せなかには、革《かわ》のベルトでとじられた、大《おお》きな辞典《じてん》のような本《ほん》を背負《せお》っている。

髪《かみ》の毛先《けさき》ははね、あかぬけたようすの彼《かれ》に、その明《あか》るい髪色《かみいろ》はよく似合《にあ》う。そして、そんなどこか都会的《とかいてき》な雰囲気《ふんいき》をまとった彼《かれ》の上《うえ》には、人《ひと》なつこい笑顔《えがお》がのっかっていた。

と、ぼくがぼうっとその青年《せいねん》を見上《みあ》げていると、続《つづ》いて、その彼《かれ》のうしろから、ひょっこりと、ひとりの女《おんな》の子《こ》が顔《かお》を出《だ》した。

「大丈夫《だいじょうぶ》？　体《からだ》、なんともない？」

青年《せいねん》よりも少《すこ》しあどけない顔《かお》のまんなかで、大《おお》きな瞳《ひとみ》が、ぼくを心配《しんぱい》そうに見《み》つめている。

パリッとした白《しろ》いシャツに、あわい桃色《ももいろ》のニットベスト。白《しろ》いフレアスカートと、これまた桃色《ももいろ》のもこもこ靴下《くつした》に白《しろ》いバレエシューズ。ふわふわとした亜麻色《あまいろ》の髪《かみ》は腰《こし》までのびていて、やわらかそうなその髪《かみ》は、左耳《ひだりみみ》の上《うえ》で、船《ふね》の舵《かじ》のようなかたちをした、大《おお》きな木製《もくせい》の髪《かみ》かざりで、きちんととめられている。

ぼくがこくりとうなずくと、その子《こ》は花《はな》が咲《さ》いたようにほほえんで、小鳥《ことり》のようにかろやかな声《こえ》でさえずった。

「よかった、ずっとみんなで心配《しんぱい》してたの」

「そう、君《きみ》が無事《ぶじ》なら一安心《ひとあんしん》だ。よかった、よかった」

青年《せいねん》が彼女《かのじょ》の言葉《ことば》を受《う》けて、なんどもうなずく。

ぼくは改《あらた》めて、ふたりを交互《こうご》に見《み》やった。

そして、首《くび》をかしげる。

このふたりは、誰《だれ》だろう。

いや、疑問《ぎもん》はそれだけではない。

それどころではない。

ぼくはようやくとりもどした視力《しりょく》をめいっぱいつかい、全力《ぜんりょく》であたりを見《み》まわす。

なんだろう、ここは。どこだろう。

見《み》れば、ここは洞窟《どうくつ》のようなアーチ状《じょう》のトンネルの中《なか》のようで、空《そら》は見《み》えず、あたりにはなにもない。

ただ洞窟《どうくつ》のようといっても、壁《かべ》も天井《てんじょう》も、その素材《そざい》は石《いし》やコンクリートではなく木《き》の根《ね》のようなもので、どうやらそれらが、みっちりとからまり合《あ》うことで、この通路《つうろ》のような場所《ばしょ》をつくりあげているらしい。

視力《しりょく》をとりもどしてなお、少々《しょうしょう》うす暗《ぐら》い印象《いんしょう》のこの場所《ばしょ》は、森《もり》の中《なか》のようでありながら、どこかの古城《こじょう》の廊下《ろうか》のようでもある。共通点《きょうつうてん》は、ゲームに出《で》てくるダンジョンのようだ、ということだ。

そして、もしこれがゲームであるならば、そのジャンルは、ファンタジーRPG《アールピージー》なのだろう。電気《でんき》もろうそくもないように見《み》えるこの場所《ばしょ》が、それでも暗闇《くらやみ》にならずにすんでいるのは、その「木《き》の根《ね》もどき」の一本《ぽん》一本《ぽん》の中《なか》を、あわい光《ひかり》が流《なが》れ星《ぼし》のようにひっきりなしに行《い》き来《き》しているからのようで、そんな光《ひかり》の往来《おうらい》は、ぼくの知《し》

っている自然界《しぜんかい》の木《き》の根《ね》にはありえない。

しかし、それがなんだというのだろう。

ぼくの知《し》っている自然界《しぜんかい》、といったところで、今《いま》のぼくは結局《けっきょく》なにも知《し》らないのだ。

目《め》の前《まえ》にいる人々《ひとびと》が誰《だれ》なのかも、ここがどこなのかも、それどころか……。

ぼくは見上《みあ》げたり、見《み》まわしたりしていた目《め》を、上下左右《じょうげさゆう》の最後《さいご》の砦《とりで》である「下《げ》」に向《む》ける。

しげしげと、自分《じぶん》の体《からだ》を見下《みお》ろした。

はだしの足《あし》が目《め》に入《はい》る。

そこに続《つづ》くのは、白《しろ》いコットンパンツをはいた両足《りょうあし》と、同《おな》じく白《しろ》いロングT《ティー》シャツを着《き》た上半身《じょうはんしん》。個性《こせい》のかけらもない、なんとも味気《あじけ》ないかっこうだ。

両手《りょうて》で何回《なんかい》かこぶしをにぎってはひらいてみる。体《からだ》は思《おも》うように動《うご》いたけれど、その体自体《からだじたい》には、見覚《みおぼ》えがあるようでないような、ふしぎな感《かん》じがした。

ぼくは不安《ふあん》になる。

ぼくは、誰《だれ》だっけ。

「あの……」

ぼくは言《い》いよどんだ。疑問《ぎもん》ばかりが重《かさ》なって、なにからどう、言葉《ことば》にすればよいのかわからない。すると、ぼくの気持《きも》ちを察《さっ》したかのように、青年《せいねん》がぼくの右肩《みぎかた》に手《て》をおいた。

「ああ、ごめんごめん。君《きみ》が混乱《こんらん》していることは、わかっているよ。ここがどこか、そして、自分《じぶん》が誰《だれ》かよくわからないんだろう」

青年《せいねん》の言葉《ことば》に、なさけなくもぼくは、うなずくしかなかった。しかし、彼《かれ》はまるでそれが当然《とうぜん》と言《い》わんばかりのようすで口《くち》のはしに笑《え》みをたくわえると、ぼくの不安《ふあん》を早口《はやくち》でかたづけようとする。

「それを説明《せつめい》したい気持《きも》ちは山々《やまやま》なんだけどね、まずは便宜上《べんぎじょう》、俺《おれ》らから名乗《なの》らせてくれ。俺《おれ》はサノだ。よろしく」

そう言《い》って青年《せいねん》は、強引《ごういん》にぼくの手《て》をとり、あくしゅをする。ぼくは勝手《かって》にぶんぶんとふられる自分《じぶん》の手《て》をながめながら、手《て》と同《おな》じリズムでゆれる思考《しこう》に必死《ひっし》にしがみついた。

サノ？　佐野《さの》という名字《みょうじ》だろうか。しかし、イントネーションは、「飴《あめ》」ではなく、「雨《あめ》」のほうの音《おと》の流《なが》れだ。名字《みょうじ》か名前《なまえ》かわからない。

と、まよいながらも、青年《せいねん》の手《て》をはらいのけることはしなかったぼくを見《み》て、女《おんな》の子《こ》がうれしそうにそれに続《つづ》く。

「わたしは、リョウ。よろしくね」

次々《つぎつぎ》に名乗《なの》られて、名乗《なの》り返《かえ》す名前《なまえ》も思《おも》い出《だ》せないぼくは、ただうなずく。

彼女《かのじょ》は、そんなぼくを安心《あんしん》させるようにやわらかくうなずくと、ふわりと髪《かみ》をゆらして、うしろをふりかえった。

「それから、彼《かれ》はイチ」

言《い》われて、ぼくはごくりとつばをのむ。実《じつ》は先《さき》ほどから、彼《かれ》のことはとてもとても気《き》になっていた。この空間《くうかん》に存在《そんざい》するもうひとりの人間《にんげん》。彼《かれ》は先《さき》ほどから、ぼくらのやりとりなど少《すこ》しも気《き》にするようすを見《み》せず、ぼくらから少《すこ》しはなれたところで、あたりの壁《かべ》をなでたり、床《ゆか》をつついたりしている。

彼《かれ》は、とてもカラフルな人《ひと》だった。

その瞳《ひとみ》は左右《さゆう》で色《いろ》が異《こと》なり、左目《ひだりめ》は宇宙《うちゅう》から見《み》た地球《ちきゅう》のように輝《かがや》くブルー、右目《みぎめ》は月明《つきあ》かりのようなあわい黄色《きいろ》をしている。ぼくと同《おな》じく足《あし》ははだしで、しかしぼくとは正反対《せいはんたい》なことに、着《き》ているつなぎはどこもカラフルな絵《え》の具《ぐ》の染《し》みだらけ。そのべったりとした油絵《あぶらえ》の具《ぐ》で、地《じ》の色《いろ》だと思《おも》われるベージュはほとんど見《み》えなくなっていた。体全体《からだぜんたい》がパレットのような人《ひと》だ。

ただ、そんな彼《かれ》の色彩《しきさい》の中《なか》で、ひときわ光《ひかり》をはなっていたのは、腰《こし》にさげられた、金色《きんいろ》のトランペットだった。トランペットは、ケースに入《い》れられることもなく、はだかのまま、腰《こし》に巻《ま》かれたこげ茶色《ちゃいろ》のベルトにつるされている。彼《かれ》は絵描《えか》きなのだろうか。はたまたトランペット奏者《そうしゃ》なのだろうか。

しかし、それらのアイテムがすべてどうでもよく思《おも》えてしまうほどに、彼《かれ》をなによりもあざやかに見《み》せていたのは、その髪《かみ》だった。

無造作《むぞうさ》にのばされた毛先《けさき》はそろっておらず、いちばん長《なが》い毛束《けたば》は肩《かた》の先《さき》まで届《とど》いている。あちらこちら好《す》きな方向《ほうこう》に向《む》いたその髪《かみ》は、まるで、一日《いちにち》の空模様《そらもよう》をごくりとのみこんだように、さまざまな色《いろ》をしていた。

ある束《たば》は、よく晴《は》れた日《ひ》の空《そら》のように明《あか》るいスカイブルー、ある束《たば》は夜《よる》の漆黒《しっこく》の闇《やみ》をのみこんだような黒《くろ》、ある束《たば》は朝日《あさひ》のようにきらきらとした、澄《す》んだ太陽《たいよう》の光《ひかり》の色《いろ》をしていて、ある束《たば》は夕日《ゆうひ》を流《なが》しこんだような、激《はげ》しくも美《うつく》しい赤系統《あかけいとう》のグラデーションをつくっている。

そして、クジラが吹《ふ》く潮《しお》のように、おでこの上《うえ》でぎゅっとしばられた毛束《けたば》は、みごとな虹色《にじいろ》をしていて、正面《しょうめん》から彼《かれ》を見《み》ると、まるで花束《はなたば》を頭《あたま》にのせているように見《み》えた。まじまじと見《み》つめると、そのまばゆいほどの色彩《しきさい》で、目《め》がちかちかする。

そんな彼《かれ》は、リョウと名乗《なの》った女《おんな》の子《こ》が名前《なまえ》を呼《よ》ぶと、一度《いちど》だけぼくと視線《しせん》を合《あ》わせ、にこりとほほえんだ。笑顔《えがお》にまで色《いろ》がついているかのような、とてもはなやか

な表情《ひょうじょう》だ。

しかし、目《め》が合《あ》ったと思《おも》ったのもつかの間《ま》、イチの注意《ちゅうい》はすぐにまたほかを向《む》いてしまう。天井《てんじょう》を見上《みあ》げたり、あたりを見《み》まわしたり、そのふしぎな色《いろ》をした瞳《ひとみ》を、人間以外《にんげんいがい》のものに向《む》けることに忙《いそが》しいようだ。

ぼくはそんな彼《かれ》にかけるべき言葉《ことば》を探《さが》しあぐねて、ひらきかけた口《くち》を閉《と》じる。

すると、そのかわりと言《い》わんばかりに、となりでサノが口《くち》をひらいた。

「そいつのことは、気《き》にすることないよ。いてもいなくても変《か》わんないようなやつなんだ」

ぼくに対《たい》するやわらかな口調《くちょう》とはうってかわって、そう言《い》うサノの彼《かれ》への視線《しせん》はするどい。そんなふたりの間《あいだ》でリョウは、こまったように唇《くちびる》をかんで、申《もう》しわけなさそうに眉尻《まゆじり》を下《さ》げた。

「またサノは、そんなこと言《い》って……。ちがうの、あのね、イチはただ、言葉《ことば》を話《はな》さないってだけなの。見《み》てのとおり、悪《わる》い子《こ》じゃないから安心《あんしん》して。それから見《み》てのとおり、サノとイチは双子《ふたご》なの」

見《み》てのとおりと言《い》われても、彼《かれ》の見《み》た目《め》から彼《かれ》の善悪《ぜんあく》を判断《はんだん》することは難《むずか》しい。それよりぼくは、双子《ふたご》という言葉《ことば》のほうが気《き》になって、あわててもう一度《いちど》イチの顔《かお》を見《み》つめた。

あまりに色彩《しきさい》の具合《ぐあい》がちがいすぎて、ぱっと見《み》たかぎりでは気《き》がつかなかったけれど、確《たし》かにふたりはよく似《に》た顔立《かおだ》ちをしている。まっすぐに通《とお》った鼻筋《はなすじ》と骨格《こっかく》がとてもよく似《に》ていた。

と、ぼくがサノとイチの意外《いがい》な事実《じじつ》におどろいていると、リョウがさらにびっくりするようなプレゼントをくれた。

「そう、それからね、あなたの名前《なまえ》なんだけど、ここに来《く》る間《あいだ》に、みんなで考《かんが》えたの。わたしたちはあなたのこと、コウくんって呼《よ》ぶね」

リョウはうれしそうに胸《むね》の前《まえ》で両手《りょうて》を合《あ》わせて、にこにこと笑《わら》う。思《おも》いがけないタイミングで名前《なまえ》をもらって、ぼくは目《め》を見《み》ひらいた。

コウ。

ぼくは、そんな名前《なまえ》だっただろうか。

いや、考《かんが》えた、ということは、本当《ほんとう》の名前《なまえ》ではないのだろう。

では、本当《ほんとう》の名前《なまえ》は？

すると、イチから視線《しせん》をはずして機嫌《きげん》を直《なお》したらしいサノが、リョウの言葉《ことば》を引《ひ》きつぐ。

「そう。君《きみ》は主人公《しゅじんこう》だから、主人公《しゅじんこう》の公《こう》をとって、公《こう》だ。いい名前《なまえ》だろ」

彼《かれ》が思《おも》いついた名前《なまえ》なのだろうか。サノはやたらと満足《まんぞく》げにうなずいている。

「主人公《しゅじんこう》……？　なんでまた」

ぼくはまったく自覚《じかく》できないその命名理由《めいめいりゆう》にとまどうばかりだった。ぼくはいつの間《ま》に、いったいどんな物語《ものがたり》の中心《ちゅうしん》に巻《ま》きこまれていたのだろう。

しかし、名前《なまえ》を授《さず》けられてますます不安《ふあん》になるぼくをよそに、サノはどこか楽《たの》しそうに胸《むね》をはる。そしてそのまま、誇張《こちょう》された舞台役者《ぶたいやくしゃ》のように、大《おお》げさな身《み》ぶり手《て》

ぶりで演説《えんぜつ》をはじめた。

「ではご期待《きたい》にこたえて、君《きみ》の疑問《ぎもん》に答《こた》えていこう」

大《おお》きな声《こえ》でそう切《き》り出《だ》したサノは、とても広《ひろ》いとは言《い》えないこの通路《つうろ》のはばをめいっぱいつかって、謎《なぞ》ときをする探偵《たんてい》よろしく歩《ある》きまわりはじめる。

「まずは、ここがどこなのか、という問《と》いからとりかかることにしようか。さっきも言《い》ったとおり、ここは、世界《せかい》の記憶《きおく》がつどう記憶迷宮《きおくめいきゅう》。そして俺《おれ》らはその管理人《かんりにん》さ」

どうやら先《さき》ほどの言葉《ことば》は、聞《き》きまちがいではなかったらしい。しかし、改《あらた》めて聞《き》かされたところで、記憶迷宮《きおくめいきゅう》というその言葉《ことば》に、ぼくは少《すこ》しもぴんとこない。

サノは続《つづ》ける。

「わかる、わかるよ。記憶迷宮《きおくめいきゅう》とはなんぞやと、聞《き》きたいんだろう。答《こた》えようじゃないか。なに、そう難《むずか》しい話《はなし》じゃない。草花《くさばな》の名前《なまえ》、動物《どうぶつ》たちの進化《しんか》の過程《かてい》、人間《にんげん》がつくってきた文化《ぶんか》に文明《ぶんめい》、世《よ》の中《なか》はありとあらゆる記憶《きおく》の連続体《れんぞくたい》で成《な》り立《た》っている。その世界《せかい》のすべての記憶《きおく》が保存《ほぞん》されているのが、ここ、記憶迷宮《きおくめいきゅう》さ」

なぜだろう。質問《しつもん》に答《こた》えてもらっているはずなのに、ぼくはちっとも満《み》たされない。難《むずか》しくないと切《き》り出《だ》されたはずのサノの話《はなし》は、ぼくの中《なか》に少《すこ》しも、理解《りかい》や安心《あんしん》をつみあげてはくれなかった。

しかしサノは、ぼくのことなどおかまいなしに、さらに続《つづ》ける。

「ふだんは君《きみ》のようなふつうの人間《にんげん》の目《め》に見《み》える場所《ばしょ》には出現《しゅつげん》しないから、君《きみ》がこの存在《そんざい》を知《し》らないのも無理《むり》はない。でも君《きみ》が今《いま》まで気《き》づいていなかっただけで、記《き》憶迷宮《おくめいきゅう》は、いついかなる時《とき》も、世界《せかい》の表層《ひょうそう》のすぐ下《した》で息《いき》をひそめ、君《きみ》たちの生命《せいめい》を支《ささ》えてきたんだ」

サノはなにやらほこらしげだ。

そして、そこで足《あし》をとめると、ぼくがついさっき、まじまじと観察《かんさつ》してしまった、例《れい》の「ファンタジック木《き》の根《ね》もどき」の一本《ぽん》に手《て》をのばした。

「ほらこれ、まるで木《き》の根《ね》のようだろう。まさにこれは、君《きみ》の世界《せかい》に存在《そんざい》する森羅万《しんらばん》象《しょう》からのびてつながっている生命《せいめい》の根《ね》で、中《なか》を通《とお》っていっている光《ひかり》は記憶《きおく》そのもの。

ここに保存《ほぞん》されている記憶《きおく》は、こうして植物《しょくぶつ》にとっての水《みず》のように、この根《ね》を通《つう》じて君《きみ》らの世界《せかい》の養分《ようぶん》になっているというわけさ」

どうやら木《き》の根《ね》もどきは、本当《ほんとう》に木《き》の根《ね》のようなものらしい。ぼくはその正体《しょうたい》が、巨大《きょだい》モンスターの触手《しょくしゅ》でも幼虫《ようちゅう》でもないことを知《し》り、ようやく安心《あんしん》のようなものを覚《おぼ》えた。

「この根《ね》から記憶《きおく》をすいとることで、君《きみ》たちは自分《じぶん》たちの存在《そんざい》を常《つね》に思《おも》い出《だ》すことができ、存在《そんざい》し続《つづ》けられている。逆《ぎゃく》を言《い》えば、この根《ね》が切《き》れたら最後《さいご》、人《ひと》も家《いえ》も車《くるま》も花《はな》も虫《むし》も、あとかたもなくなるどころか、そもそもそれらが存在《そんざい》していた事実《じじつ》すら抹《まっ》消《しょう》される。だから、君《きみ》ものめずらしさにかられて、へたにさわらないように」

まさに今《いま》、そろそろと手《て》をのばして近《ちか》くの根《ね》をさわろうとしていたぼくは、サノに釘《くぎ》をさされてあわてて手《て》を引《ひ》っこめる。

そして、その動作《どうさ》をごまかすように、首《くび》をかしげた。いくらぼくに記憶《きおく》がないとはいえ、先《さき》ほどからのサノの話《はなし》はにわかに信《しん》じがたい。

「でも……」

「ん？　なんだい」

「記憶《きおく》がない身《み》でこんなこと言《い》うのもなん、なんですけど、世界中《せかいじゅう》のものから根《ね》っこが生《は》えてるって、えっと、なんか変《へん》、じゃないですか？　根《ね》って、どこから生《は》えてるんだろう。足《あし》？　せなか？　でもそうすると、歩《ある》くたびにほかの根《ね》とこんがらがってたいへんなことになるんじゃ……」

すると機嫌《きげん》よく話《はな》し続《つづ》けていたサノが、急《きゅう》に一気《いっき》に百匹《ぴき》の苦虫《にがむし》をかみつぶしたかのように顔《かお》をゆがめる。

「そりゃ、そうならないように、君《きみ》たちの世界《せかい》ではこの根《ね》は見《み》えないようになってるに決《き》まってるじゃないか。なにしろ君《きみ》たちのようなキャパの小《ちい》さい生物《せいぶつ》は、世《よ》の中《なか》のすべての根《ね》をいちいち意識《いしき》して動《うご》かなきゃならないとなったら、すぐにそのややこしさにやられてパンクするだろ？　だからふだんは俺《おれ》たちが、君《きみ》らのかわりに、君《きみ》らの見《み》えないところで、根《ね》や記憶《きおく》をうまーく処理《しょり》して、君《きみ》たちが自由《じゆう》に動《うご》けるようにしてやってるんだ。でも君《きみ》らが知《し》らないだけで、ご覧《らん》のとおり、世界《せかい》の奥底深《おくそこふか》く、つまりこの記憶迷宮《きおくめいきゅう》で、根《ね》はしっかりからみ合《あ》って、それぞれの存在《そんざい》を支《ささ》え合《あ》っているんだよ。それはそれはもう、ここが迷宮《めいきゅう》と呼《よ》ばれてしまうくらい複雑《ふくざつ》にからみ合《あ》いながらね」

サノはそのまま、ぼくに口《くち》をはさませまいとするかのように早口《はやくち》に続《つづ》ける。

「だから、ひとつでも根《ね》が断《た》たれて、君《きみ》の世界《せかい》のなにかが消失《しょうしつ》すると、世界《せかい》のバランスはくずれ、それが続《つづ》くとここはすかすかになって、やがては世界《せかい》ごと崩壊《ほうかい》する。そうならないように、俺《おれ》らのような能力《のうりょく》のある仕事人《しごとにん》が、縁《えん》の下《した》の力持《ちからも》ちとして、この根《ね》と記憶《きおく》を管理《かんり》しているというわけなのさ」

そう言《い》ってサノは、再《ふたた》び胸《むね》をはる。縁《えん》の下《した》という言葉《ことば》にまったく似合《にあ》わないポーズだ。しかしサノは、ぼくにそんなつっこみをする時間《じかん》さえあたえずに、どんどんと次《つぎ》に進《すす》んでしまう。

「それから、君《きみ》が誰《だれ》なのか、だったね。それについては、くわしくは俺《おれ》らにもわからない。この記《き》憶《おく》迷《めい》宮《きゅう》がつくっている世《せ》界《かい》のどこかの誰《だれ》かだろうけどね、どうやら君《きみ》は、君《きみ》の世《せ》界《かい》でなんらかの事《じ》故《こ》にあい、記《き》憶《おく》喪《そう》失《しつ》になったらしい。その時《とき》のショックで、君《きみ》という存《そん》在《ざい》と、ここをつないでいた根《ね》が傷《きず》つき、君《きみ》は精《せい》神《しん》体《たい》となって、この記《き》憶《おく》迷《めい》宮《きゅう》にまよいこんでしまった。こんなこと、俺《おれ》らも初《はじ》めてでまあ、おどろいたけど、安《あん》心《しん》していいよ。こうして俺《おれ》らが見《み》つけたからにはもう大《だい》丈《じょう》夫《ぶ》。これから俺《おれ》らが君《きみ》を、元《もと》の世《せ》界《かい》に送《おく》り届《とど》けてあげよう。君《きみ》はなんの心《しん》配《ぱい》もせずに、ただこの記《き》憶《おく》迷《めい》宮《きゅう》を攻《こう》略《りゃく》する物《もの》語《がたり》の主《しゅ》人《じん》公《こう》にでもなったつもりで、俺《おれ》らについてくればいい」

サノの口《くち》は、よくまわる。しかし、そのよどみなく流《なが》れる言《こと》葉《ば》はどれも、結《けっ》局《きょく》ぼくの頭《あたま》にはうまく引《ひ》っかからなかった。

ええっと、つまり、なんだっけ。

縁《えん》の下《した》の根《ね》っこの迷《めい》宮《きゅう》で、記《き》憶《おく》喪《そう》失《しつ》？

要《よう》約《やく》がちっとも要《よう》約《やく》にならないということは結《けっ》局《きょく》、ぼくはサノの話《はなし》をみじんも理《り》解《かい》できていないということなのだろう。それもそのはずで、先《さき》ほどからぼくの不《ふ》安《あん》は減《へ》るどころか、むしろふくらんでいくばかりだった。

と、そこでようやく、サノ以外《いがい》の人物《じんぶつ》が口《くち》をひらく。リョウが、助《たす》け舟《ぶね》を出《だ》してくれた。

「ちょっと、サノ。そんな一気《いっき》にいろいろ言《い》われても公《こう》くん、こまっちゃうでしょ」

リョウはそう言《い》ってサノに向《む》かって唇《くちびる》をとがらせると、ぼくに向《む》きなおった。

「ごめんね、公《こう》くん。なにも覚《おぼ》えてなくて不安《ふあん》なところに、こんなこと聞《き》かされたらもっと不安《ふあん》になっちゃうとは思《おも》うんだけど、でも、わたしたちのこと、信《しん》じてついてきてほしいの。公《こう》くんのことは、わたしたちが絶対守《ぜったいまも》るから」

体《からだ》が細《ほそ》く、いかにも力《ちから》の弱《よわ》そうなリョウに守《まも》ると言《い》われ、ぼくはなんだかなさけない気持《きも》ちになる。しかも言葉《ことば》とはうらはらに、リョウの表情《ひょうじょう》はすがるように必死《ひっし》で、はたから見《み》れば、ぼくが助《たす》けを求《もと》められているかのようだ。

もちろんぼくだって、そんなリョウを助《たす》けられるものなら助《たす》けたい。しかし、リョウの言葉《ことば》に元気《げんき》よくうなずくには、ぼくはまだいまいちサノの話《はなし》に納得《なっとく》できていなかった。

「や、でも……。あれ？　おかしく、ないですか。ここがその、記憶迷宮《きおくめいきゅう》、だっていうなら、ぼくの記憶《きおく》はここにあるん、ですよね。じゃあ、なんでぼくは記憶喪失《きおくそうしつ》？ここにある『ぼくの記憶《きおく》』をぼくにくれれば、ぼくの記憶《きおく》はもどるんじゃ……」

思《おも》いつくままにとまどいを口《くち》にするぼくに、リョウがおろおろとこまった表情《ひょうじょう》で、サノを見《み》る。

あやしい。

すると、サノは肩《かた》をすくめた。

「そりゃ俺《おれ》らもそれですむならそうしたいさ。けど、今言《いまい》ったとおり、ここの存在《そんざい》はそもそも君《きみ》みたいな表《おもて》の人間《にんげん》には秘密《ひみつ》にしておくべきでね、どちらにしろ、君《きみ》のここに関《かん》する記憶《きおく》は、君《きみ》をこの迷宮《めいきゅう》の出口《でぐち》まで送《おく》り届《とど》けたら消《け》さなきゃならない。そんなわけで、今《いま》ここで君《きみ》に記憶《きおく》を返《かえ》すと、ここに関《かん》する記憶《きおく》が君《きみ》の元々《もともと》の記憶《きおく》にひっついて、あとの作業《さぎょう》がやっかいになるんでね、君《きみ》の記憶《きおく》は出口《でぐち》で君《きみ》にわたしたほうがお互《たが》いのためってわけさ。君《きみ》も、記憶《きおく》を無傷《むきず》のままとりもどしたかったら、今《いま》の少《すこ》しくらいの不便《ふべん》はがまんしてくれ」

サノのあっけらかんとした言葉《ことば》に、リョウはなんどもなんどもうなずいている。

なんだか変《へん》だ。

ぼくの中《なか》で、ふたりへの不信感《ふしんかん》がつのる。

サノはその軽薄《けいはく》な見《み》た目《め》とあいまって、ぺらぺらと話《はな》すようすがどうにもうさんくさいし、リョウはリョウで、先《さき》ほどからぼくよりも不安《ふあん》そうにサノの説明《せつめい》を聞《き》いている始末《しまつ》だ。明《あき》らかにおかしい。ふたりは、ぼくをだまそうとしているのだろうか？

でも、なんのために？

それを推測《すいそく》しようにも、記憶《きおく》がないと人《ひと》をじょうずにうたがうことすらできやしない。

「で、でも、じゃあ、本当《ほんとう》の名前《なまえ》くらい教《おし》えてくれても……。主人公《しゅじんこう》の公《こう》って言《い》われても、そんな自覚《じかく》もないのにくすぐったいし……」

「ダメダメ。名前《なまえ》と記憶《きおく》は密《みつ》に結《むす》びついてるんだ、教《おし》えられないよ。さあさ、あんまりわがまま言《い》わないでくれ。俺《おれ》らだって本来《ほんらい》、勝手《かって》にここにまよいこんだ君《きみ》を助《たす》ける義理《ぎり》なんてない中《なか》、親切心《しんせつしん》で君《きみ》を出口《でぐち》まで案内《あんない》するって言《い》ってるんだ。俺《おれ》の言《い》うとおりにしておいたほうが得策《とくさく》だと思《おも》うよ。それとも、俺《おれ》らと別《わか》れてひとりでこの迷宮《めいきゅう》をさまようかい？　まあ、ただでさえ存在《そんざい》が不安定《ふあんてい》な精神体《せいしんたい》でそんなことをすれば、すぐにそこらへんに転《ころ》がっている強《つよ》い記憶《きおく》にとりこまれて、君《きみ》の存在《そんざい》は消《き》え失《う》せちゃうと思《おも》うけどね」

少《すこ》しいらついたようすのサノの声《こえ》が、そう言《い》ってぼくの不信感《ふしんかん》を、無理《むり》やりだまらせようとする。

そう、確《たし》かに、サノの言《い》うとおりだ。いくらサノたちをうたがってみたところで、結局今《けっきょくいま》のぼくは、ひとりではなにもできない。それで、ぼくはとうとうゆっくりとうなずいた。

すると、まるでぼくの首《くび》がスイッチであったかのように、リョウの顔《かお》が輝《かがや》き、サノがぽんっと手《て》を打《う》つ。

「そうと決《き》まれば、出発《しゅっぱつ》だ。君《きみ》をまたとないすばらしい冒険《ぼうけん》の主人公《しゅじんこう》とすることを、ここに約束《やくそく》しよう」

先《さき》ほどまでのいらついた声《こえ》がうそのように、サノは、また舞台役者《ぶたいやくしゃ》のような声《こえ》でそう言《い》って、一度《いちど》両腕《りょううで》を大《おお》きく広《ひろ》げると、右手《みぎて》でぼくの右肩《みぎかた》をぽんっとたたいた。

ぼくは、なかなかの量《りょう》のもやもやをかかえたまま、ぽりぽりと首《くび》のうしろをかく。

しかし、サノたちについていく以外《いがい》の選択肢《せんたくし》をひとつも持《も》っていないぼくは、不安《ふあん》や不満《ふまん》にまみれながらでも、今《いま》はただ、そのたったひとつの選択肢《せんたくし》がどうか地獄《じごく》に続《つづ》いていませんようにと願《ねが》うしかなかった。

「あっと、そうだ、出発《しゅっぱつ》の前《まえ》に、ちょっと野暮用《やぼよう》をっと……」

と、そこで、さっそく歩《ある》き出《だ》そうとしていたサノが、大《おお》げさにくるりとふりかえると、おもむろに近《ちか》くの壁《かべ》に手《て》をあてる。例《れい》の木《き》の根《ね》もどきの一本《ぽん》に念《ねん》でも送《おく》るように目《め》をつむると、しばらくそのままかたまった。

いったい、なにをしているのだろう。

しかしサノの表情《ひょうじょう》はきびしく、浮《う》かんだその疑問《ぎもん》を、とても気安《きやす》く問《と》いかけられはしない。リョウはリョウで、また不安《ふあん》そうな顔《かお》をしてサノをじっと見《み》つめている。

唯一《ゆいいつ》ののんきな顔《かお》をしているイチは、いつの間《ま》にかごろんと床《ゆか》に寝《ね》ころんでいて、サノと同《おな》じく目《め》をつむっていた。ただサノとちがい、本気《ほんき》で眠《ねむ》りこけている。サノとリョウとちがい、この人《ひと》にいたっては、そもそも信頼《しんらい》の仕方《しかた》がわからない。

それでぼくは改《あらた》めて、どうしようもない孤独感《こどくかん》におそわれる。

このどこか神秘的《しんぴてき》で有機的《ゆうきてき》な細長《ほそなが》いプラネタリウムのような場所《ばしょ》は、ロマンチックと称《しょう》するには、ぼくにとってはあまりに不気味《ぶきみ》すぎる。迷宮《めいきゅう》と呼《よ》ぶには、どうにも出口《でぐち》の気配《けはい》が弱《よわ》すぎて、このどちらが前《まえ》でうしろかもわからない、どこでもない通路《つうろ》のまんなかで、ぼくは今《いま》、ただただどうしようもなく迷子《まいご》だった。

と、ぼくがまた不安《ふあん》の沼《ぬま》にしずみかけていると、サノがようやく目《め》をあけ、根《ね》から手《て》をはなして首《くび》をふる。

「ダメだ、連合長《れんごうちょう》はおろか、ショウとも、カイたちとも連絡《れんらく》がとれない」

するとリョウは、心配《しんぱい》そうに眉《まゆ》を八《はち》の字《じ》にしてたずねる。

「カンノとミキは？」

「や、あいつらにはあえて連絡《れんらく》しなかった。あいつらが問題《もんだい》なく仕事中《しごとちゅう》であることはわかりきってるし、むしろ今《いま》は忙《いそが》しくて手《て》がはなせないだろうから、しばらくそっとしておこう」

サノの言葉《ことば》に、リョウは無理《むり》やり納得《なっとく》しようとしているかのように、ぎこちなくうなずく。

どうやらこの三人《にん》のほかにも、ここには人《ひと》がいるらしい。どんな人《ひと》たちなのだろう。

すると、ぼくの視線《しせん》に気《き》づいたらしいサノが、きびしい表情《ひょうじょう》をぱっと明《あか》るくぬりかえて、またぼくの右肩《みぎかた》をばしばしとたたいた。

「ああ、悪《わる》い悪《わる》い。いや、君《きみ》を無事《ぶじ》に発見《はっけん》できたこと、ほかのやつらにも教《おし》えてやろうと思《おも》ったんだけど、どうやらみんな忙《いそが》しいらしい。まあ、どうせあとであいつらの部屋《へや》も通《とお》ることになるだろうし、報告《ほうこく》はその時《とき》でいいだろう」

サノは、その不自然《ふしぜん》なほどに大《おお》きな声《こえ》で、ぼくの不安《ふあん》をおおいかくすと、

「さあ、今度《こんど》こそ出発《しゅっぱつ》だ」

と、そのままぼくの右肩《みぎかた》に腕《うで》をまわし、ぼくをかかえこむようにして歩《ある》き出《だ》した。

そして、ぼくがそのあまりの強引《ごういん》さにからまりかけた両足《りょうあし》を必死《ひっし》にほどいている間《あいだ》に、リョウが、イチを引《ひ》っぱり起《お》こす。

「イーチー！　行《い》くよー！」

見《み》ればイチは、眠《ねむ》そうな顔《かお》をごまかそうともせずに、リョウに言《い》われるがままにむっくりと起《お》き上《あ》がり、ぼうっとしている。

そんなイチに、サノはいらつきを隠《かく》そうともせずに、ふんっと鼻《はな》を鳴《な》らした。

「あいつは別《べつ》に来《こ》なくてもいいんだけどな」

と、その時《とき》だった。

ジジッという電気《でんき》が走《はし》るような音《おと》がしたかと思《おも》うと、続《つづ》いて大地《だいち》がうなるような轟《ごう》

音《おん》が、あたりに響《ひび》きわたった。

ぼくは、びくりと体《からだ》をふるわせる。

すると次《つぎ》の瞬間《しゅんかん》、ぶわっと、強風《きょうふう》がぼくらの立《た》つこの通路《つうろ》を吹《ふ》きぬけた。

「な、なんだ？」

ぼくはその場《ば》にしゃがみこみたくなってしまう気持《きも》ちをなんとかがまんして、すがるようにサノを見《み》る。

サノは一瞬《いっしゅん》眉《まゆ》をよせ、顔《かお》をしかめたが、すぐにまたよゆうのある表情《ひょうじょう》をとりもどすと、にやりと笑《わら》った。

「さあ主人公《しゅじんこう》くん、とくとご覧《らん》あれ。記憶迷宮管理人《きおくめいきゅうかんりにん》のお仕事《しごと》のはじまりだ」

「仕事《しごと》？」

「そう、どうやら、記憶《きおく》が暴走《ぼうそう》をはじめたらしい」

「ぼ、暴走《ぼうそう》って……」

「記憶《きおく》の暴走《ぼうそう》。それを人《ひと》は、夢《ゆめ》と呼《よ》ぶ」

どこか楽《たの》しそうなようすでサノがそう言《い》った時《とき》、ぼくの目《め》の前《まえ》に現《あらわ》れたのは、三つの頭《あたま》を持《も》った大《おお》きな体《からだ》のライオンだった。

第二章

第一退治《だいいちたいじ》の一大事《いちだいじ》

「な、なんだよ、これ！」

三つ頭《あたま》の巨大《きょだい》ライオン。

そいつを目《め》の前《まえ》にして、ぼくは大《おお》きく体《からだ》をのけぞらせることしかできなかった。

逃《に》げ出《だ》したいのに、足《あし》がまるで地面《じめん》にささってしまったかのように動《うご》かない。

「まあ落《お》ちつけって。これはただの夢《ゆめ》、まぼろしみたいなもんさ」

ぼくのとなりで、サノは言葉《ことば》どおりに落《お》ちついている。目《め》と鼻《はな》の先《さき》で、ひどく興奮《こうふん》したようすの巨大《きょだい》ライオンが、こちらに敵意《てきい》をむきだしにしているというのにだ。

夢《ゆめ》？

確《たし》かにその巨大《きょだい》ライオンは、とても現実《げんじつ》のものとは思《おも》えない。体《からだ》はひとつしかないくせに、りっぱなたてがみを生《は》やした頭《あたま》は三つもあり、そのずいぶんときゅうくつそうな頭《あたま》たちは、それぞれが赤茶色《あかちゃいろ》、黄土色《おうどいろ》、青緑色《あおみどりいろ》をしていて、ならぶとまるで信号《しんごう》のようだ。

しかし、静《しず》かに停止《ていし》や注意《ちゅうい》の指示《しじ》を出《だ》してくれる信号《しんごう》とはちがって、彼《かれ》らは地響《じひび》きのようなうなり声《ごえ》をあげ続《つづ》けている。体《からだ》は黄金《おうごん》にかがやき、するどい爪《つめ》が光《ひか》る前《まえ》脚《あし》は地面《じめん》を蹴《け》って、今《いま》にもぼくらに飛《と》びかかってきそうだ。

そして実際《じっさい》、そいつはぼくに向《む》かって、ぐっと顔《かお》をつき出《だ》してきた。三つの頭《あたま》のうちの赤《あか》い一頭《とう》が、その真《ま》っ赤《か》な口《くち》の中《なか》を、ぐわっとぼくに見《み》せつけてきたのだ。まるで、台風《たいふう》がまるごとはき出《だ》されたかのような衝撃《しょうげき》が、ぼくの体《からだ》をつつみこむ。

喰《く》われる。

そう思《おも》って、ぼくがぎゅっと目《め》をつむった、その時《とき》だった。

ガツンっとなにかとなにかがぶつかる大《おお》きな音《おと》がしたかと思《おも》うと、ぼくと、ぼくのまわりの空気《くうき》が、急《きゅう》に切《き》りはなされたかのように、まわりからなまあたたかい風《かぜ》が消《き》えた。

そしてすぐに、恐竜《きょうりゅう》とゴリラとクジラと、そしてライオンが、いっせいに雄《お》たけびをあげたかのような、すさまじい鳴《な》き声《ごえ》があたりに響《ひび》きわたる。それでぼくは、おそるおそる慎重《しんちょう》に、片目《かため》ずつまぶたを持《も》ち上《あ》げた。

目《め》の前《まえ》に広《ひろ》がっていたのは、サノのせなかだった。いつの間《ま》に、どこからどうとり出《だ》したのか、サノはその右手《みぎて》に、自分《じぶん》の身長《しんちょう》ほどある大《おお》きな剣《けん》を持《も》っている。

少《すこ》し、ふしぎなかたちをした剣《けん》だ。ワインレッド色《いろ》の柄《え》は大《おお》きくふくらんでおり、まるでペンの持《も》ち手《て》のようなかたちをしている。そして、そこから続《つづ》く銀色《ぎんいろ》の刃《は》も、これまた少《すこ》し全体《ぜんたい》が湾曲《わんきょく》していて、やはり万年筆《まんねんひつ》の先《さき》のようだった。

そう、つまりサノの剣《けん》は、大《おお》きな万年筆《まんねんひつ》のようだったのだ。どうやら、ぼくにかみつこうとしていた巨大《きょだい》ライオンの一頭《とう》は、サノにその剣《けん》で思《おも》いきりなぐられたらしい。首《くび》をぐるんぐるんとまわし、顔《かお》は痛《いた》みにゆがんでいる。

そして、それを見《み》たほかの二頭《とう》は、最初《さいしょ》こそおどろいていたものの、すぐにぎろりと瞳《ひとみ》を光《ひか》らせて、サノをにらみつけた。復活《ふっかつ》したもう一頭《とう》のものもふくめて、六つの瞳《ひとみ》がサノをロックオンする。それだけでもう、ぼくの体《からだ》はまた、骨《ほね》のすべてが緊《きん》張《ちょう》にとってかわられたかのようにかたまってしまった。

が、しかし。

そんなぼくのすぐ横《よこ》で、この状況《じょうきょう》にいちばんおびえていそうだと思《おも》っていたリョウが、なんとも能天気《のうてんき》な声《こえ》で言《い》った。

「これはまた典型的《てんけいてき》ね」

見《み》ればリョウは、この状況《じょうきょう》を少《すこ》しもこわがっていないようで、それどころかむしろしげしげとライオンを見《み》つめている。

そんなリョウにサノも、先《さき》ほどと変《か》わらないお気楽《きらく》なようすでうなずく。

「いーんじゃない、やりやすくて」

ちっともよくない。そう思《おも》っているのは、ぼくだけなのだろうか。

そうこうしているうちに、青緑色《あおみどりいろ》のライオンの口《くち》からは、緑色《みどりいろ》のねばねばとしたよだれが、だらりとたれる。

そして、ぽたり、と、青《あお》ライオンのよだれが地面《じめん》に落《お》ちたその瞬間《しゅんかん》、ライオンの首《くび》はぐんっとのび、口《くち》はがばりとサノに向《む》かって大《おお》きくひらかれた。

水色《みずいろ》の牙《きば》がサノにせまる。

するとサノは、さっとしゃがみこんで青《あお》ライオンの一撃《いちげき》をさけると、すぐに立《た》ち上《あ》がり、今度《こんど》はせなかに背負《せお》っていた本《ほん》を、ガツン、と青《あお》ライオンの鼻《はな》っぱしらに向《む》かってふりおろした。

ぎゃあ、と大《おお》きくのけぞる青《あお》ライオン。

そしてふしぎなことに、せなかからなげおろされたサノの本《ほん》は、まるでその投下《とうか》の軌跡《きせき》を描《えが》くように、ぐにょんとガムのようにのび、サノの左肩《ひだりかた》からひざ下《した》までをも守《まも》る大《おお》きな大《おお》きな盾《たて》に変化《へんか》した。

万年筆《まんねんひつ》の剣《けん》と、本《ほん》の盾《たて》。

二つの大《おお》きな武器《ぶき》と防具《ぼうぐ》につつまれて、サノはまるで、ＲＰＧ《アールピージー》に出《で》てくる剣士《けんし》のようだ。

すっかりおどろいているぼくに、サノが得意《とくい》げな視線《しせん》をなげる。

「理論武装《りろんぶそう》っていうんだ。いいだろ」

いいもなにも、正直今《しょうじきいま》のぼくはそれどころではない。ただそのあともサノが、その剣《けん》と盾《たて》で、次々《つぎつぎ》にくりだされる三頭《とう》のライオンたちの攻撃《こうげき》をみごとにかわしていく姿《すがた》には、正直《しょうじき》、圧倒《あっとう》された。

とはいえ、さすがに三つも頭《あたま》のある巨大《きょだい》ライオン相手《あいて》にひとりで応戦《おうせん》するのはきびしいのか、サノは攻撃《こうげき》をはねかえすばかりで、これという決《き》め手《て》となる一撃《いちげき》を出《だ》せずにいる。このままでは、ライオンたちよりも先《さき》にサノの体力《たいりょく》がつきてしまいそうだ。

と、ぼくが不安《ふあん》を感《かん》じたその時《とき》だった。

バサリ、と背後《はいご》で、やたらと大《おお》きな羽音《はおと》がした。新《あたら》しい巨大怪獣《きょだいかいじゅう》が現《あらわ》れたのかと、ぼくはびくりとふりかえる。

しかし、ふりかえった先《さき》で宙《ちゅう》に浮《う》かんでいたのは、巨大《きょだい》コウモリでも巨大《きょだい》ハゲタカでもなく、大《おお》きな翼《つばさ》を広《ひろ》げたイチだった。

イチは、ひょうひょうとした表情《ひょうじょう》で、せなかから髪色《かみいろ》と同《おな》じカラフルな翼《つばさ》を生《は》やし、じっと巨大《きょだい》ライオンを見《み》つめている。

そしてなにかに納得《なっとく》したようにうなずくと、おもむろに腰《こし》にさげたトランペットに手《て》をやった。大《おお》きく息《いき》をすい、そのままそのトランペットからぷうっと息《いき》を吹《ふ》き出《だ》す。

とたん、あたりにはなやかな音《おと》が響《ひび》きわたった。

ライオンの雄《お》たけびとも、サノの剣《けん》の金属音《きんぞくおん》ともちがう、もっとやわらかくて重《おも》い音《おと》が、あたりの空気《くうき》をふるわせる。まるで、ぼくらのまわりの空気《くうき》に色《いろ》がついて、重《おも》くなったかのようだ。

実際《じっさい》、空気《くうき》には色《いろ》が舞《ま》っていた。イチの口先《くちさき》からのびたトランペットからは、その音色《ねいろ》とともに、しゃぼん玉《だま》のように七色《なないろ》をおびて光《ひか》る数々《かずかず》の音符《おんぷ》が飛《と》び出《だ》してきていたのだ。音符《おんぷ》はふわふわと蝶《ちょう》のように宙《ちゅう》を散歩《さんぽ》すると、すっとすいよせられるように巨大《きょだい》ライオンのおしりのほうへ向《む》かっていく。

そして、ひとつの音符《おんぷ》が、巨大《きょだい》ライオンにふれると、それはまさにしゃぼん玉《だま》のようにパチンとはじけた。続《つづ》いて、次々《つぎつぎ》に到着《とうちゃく》した音符群《おんぷぐん》がライオンのせなかで爆竹《ばくちく》のような音《おと》を立《た》てる。

三頭《とう》のライオンが、それぞれ小《ちい》さく悲鳴《ひめい》をあげた。そして、せなかやおしりを攻撃《こうげき》された巨大《きょだい》ライオンは、その衝撃《しょうげき》でバランスをくずし、まるで犬《いぬ》があわてておすわりをした時《とき》のように、どしんとその場《ば》にしりもちをつく。

そこにすかさず、サノが斬《き》りこんだ。うしろにのけぞったことであらわになったライオンたちの首元《くびもと》にさっと剣《けん》をさし向《む》けたのだ。中央《ちゅうおう》の黄色《きいろ》ライオンがうぎゃあとさけび、天《てん》に向《む》かって目《め》を見《み》ひらく。

幸《さいわ》いにも、といっていいのか、血《ち》がふき出《で》るようなことはなく、しかし、残《のこ》った左右《さゆう》の二頭《とう》は、ダメージを受《う》けたその中央《ちゅうおう》の黄色《きいろ》ライオンから逃《に》げようとするかのように、それぞれ、右《みぎ》と左《ひだり》に向《む》かって首《くび》をのばす。正反対《せいはんたい》の方向《ほうこう》を向《む》く頭《あたま》に、体《からだ》が

ついていかないのか、巨大《きょだい》ライオンはその黄金《おうごん》の体《からだ》をばたばたと暴《あば》れさせた。

ライオンの前脚《まえあし》が地面《じめん》をたたくたびに、まるで地震《じしん》のようにあたりがゆれる。たまらず、ぼくはその場《ば》にすわりこんだ。あわてて顔《かお》を上《あ》げると、空間《くうかん》がゆがんでいるように見《み》える。

「もう。暴《あば》れすぎ」

と、次々《つぎつぎ》に起《お》こる不可思議《ふかしぎ》なできごとに目《め》を白黒《しろくろ》とさせているぼくの横《よこ》で、リョウが少《すこ》し怒《おこ》ったような声《こえ》を出《だ》した。見《み》ればリョウは、頭《あたま》に手《て》をやり、例《れい》の大《おお》きな木製《もくせい》の髪《かみ》かざりをはずそうとしている。

そして、リョウがその髪《かみ》かざりをはずすと、その瞬間《しゅんかん》、髪《かみ》かざりはあたりまえのようにふくらんで、あっという間《ま》に船《ふね》の舵《かじ》くらいの大《おお》きさになった。さらに、その舵《かじ》の中央《ちゅうおう》からは一本《ぽん》の棒《ぼう》がのび、髪《かみ》かざりはまるでとても大《おお》きな魔法《まほう》の杖《つえ》のような姿《すがた》になる。そしてその杖《つえ》を、リョウは両手《りょうて》でつかむと、大《おお》きく上《うえ》にふりかぶり、そのままずさっと地面《じめん》につきさした。その間《あいだ》にも、ライオンはサノとイチの攻撃《こうげき》に悲鳴《ひめい》をあげ、体《からだ》をあちこちにぶつけて空間《くうかん》をゆらしている。

「よいしょっと……」

リョウは、地面《じめん》につきさしたその舵《かじ》をにぎりなおすと、イチとサノの動《うご》きをじっと見《み》つめ、まるでなにかを操縦《そうじゅう》するように、舵《かじ》を左右《さゆう》に切《き》った。すると心《こころ》なしか、あたりのゆれがおさまったかのように感《かん》じられ、ぼくもなんとか、立《た》ち上《あ》がることができるようになる。

「それは……？」

ぼくは、思《おも》わずリョウに問《と》いかけた。その間《あいだ》にも、ライオンのほえる声《こえ》とイチのトランペットの音《おと》があたりを飛《と》びかって、ぼくの声《こえ》は、思《おも》ったよりずっと小《ちい》さな音《おと》にしかならない。

リョウは、前《まえ》を向《む》いたまま、それでもぼくの問《と》いかけに答《こた》えてくれた。

「サノとイチがああやって好《す》き勝手《かって》動《うご》くと、こうやって空間《くうかん》がゆれちゃうの。それを調節《ちょうせつ》しているのよ」

どちらかといえば、空間《くうかん》をゆらしているのは巨大《きょだい》ライオンであるように思《おも》われたけれど、確《たし》かにああやってライオンをおどらせているのは、サノとイチだ。

「もう、少《すこ》し、スマートに、やってくれない、かしら、ね」

そう不満《ふまん》をもらすリョウの声《こえ》が、とぎれとぎれになる。思《おも》ったよりも、リョウがにぎっている舵《かじ》は重《おも》く、あつかいづらいものらしい。

サノが攻撃《こうげき》をすると、リョウは舵《かじ》を右《みぎ》に切《き》り、イチがトランペットを吹《ふ》くと、左《ひだり》に切《き》る。どうやらそうすることで、あたりのゆれを軽《かる》くするだけでなく、ふたりがうまく連携《れんけい》して攻防《こうぼう》できるよう、お互《たが》いの動《うご》きのタイミングをそれぞれに伝《つた》えているようだ。それでもあたりには、震度《しんど》3くらいの地震《じしん》が続《つづ》いているような感覚《かんかく》が立《た》ちこめていたけれど、リョウの努力《どりょく》がなければ、もっとひどいゆれになっていたのかもしれなかった。

しかし、そんなリョウたちの努力《どりょく》をもってしても、巨大《きょだい》ライオンは、なかなかたおれない。先《さき》ほどから三頭《とう》のライオンは、サノとイチの攻撃《こうげき》を受《う》け、それぞれぎゃあぎゃあとわめいているものの、一撃《げき》一撃《げき》の威力《いりょく》が足《た》りないのか、すぐに持《も》ちなおしてはサノにかみつこうとし、イチを前脚《まえあし》でたたき落《お》とそうとしている。しかし、無《む》力《りょく》なぼくは、そんなようすをただ、はらはらと見守《みまも》ることしかできなかった。

と、そんなぼくに道《みち》を示《しめ》してくれたのは、舵《かじ》の重《おも》みに顔《かお》をゆがませたリョウだった。

「公《こう》くん！」

リョウは、飛《と》びかう轟音《ごうおん》の合間《あいま》をぬって、さけぶようにぼくを呼《よ》んだ。

「はい！」

急《きゅう》に呼《よ》ばれて、ぼくは背筋《せすじ》をのばし、思《おも》わずリョウと同《おな》じボリュームで返事《へんじ》をする。

リョウはあいかわらず、しっかりと前《まえ》を向《む》いて舵《かじ》をにぎったまま、声《こえ》をはりあげた。

「床《ゆか》に左手《ひだりて》をついて！　どこでもいい！」

ぼくは言《い》われるがままに、あわてて木《き》の根《ね》で編《あ》まれたでこぼこの床《ゆか》に手《て》をつく。

「こ、これでいいの？」

ぼくは左手《ひだりて》をついたまま、リョウを見上《みあ》げる。リョウは、ほんの一瞬《いっしゅん》、ぼくを見《み》やるとうなずいて、そのまま次《つぎ》の指令《しれい》を出《だ》した。

「歌《うた》って！」

ぼくは、自分《じぶん》の耳《みみ》をうたがった。えっ、と思《おも》わずかわいた声《こえ》でリョウに聞《き》き返《かえ》してしまう。しかし、リョウはじれったそうにくりかえす。

「いいから歌《うた》って！　なんでもいい！」

いいからと言《い》われても、ぼくはよくない。なにしろあたりでは、イチのトランペットのでたらめな音《おと》の羅列《られつ》が鳴《な》り響《ひび》いていて、その合間《あいま》にはライオンの足音《あしおと》が、リズム感《かん》のないドラムのようにとどろいているのだ。おまけに、時折響《ときおりひび》くサノの剣《けん》とライオンの牙《きば》がぶつかる音《おと》ときたら、入《はい》るタイミングをまちがえた、まぬけなトライアングルのようで、こんな音痴《おんち》な空間《くうかん》で、ぼくはいったい、なにを歌《うた》えばよいのだろう。

「公《こう》くん！」

しかし、リョウのそんな怒鳴《どな》り声《ごえ》に似《に》たさけびに急《せ》かされて、ぼくはとうとう口《くち》をひらいた。

「え、えっと、じゃあ……」

そんな意味《いみ》のない言葉《ことば》でかわいた口内《こうない》を整《ととの》えると、あたりさわりのない選曲《せんきょく》を意《い》識《しき》して、童謡《どうよう》のきらきら星《ぼし》を口《くち》ずさみはじめる。声《こえ》はかすれ、うろ覚《おぼ》えの歌詞《かし》がその声《こえ》をさらに不安定《ふあんてい》にゆらしたけれど、この状況《じょうきょう》を考《かんが》えれば上出来《じょうでき》だろうと、ぼくは自分《じぶん》で自分《じぶん》をほめてあげたくなった。

しかし、リョウはそうでもなかったらしい。

「歌詞《かし》、いらない！　ハミングで！」

と、すぐに直《なお》される。

それでぼくは、ヤケクソになってきらきら星《ぼし》の続《つづ》きを鼻歌《はなうた》で歌《うた》った。

しかし、そんなやっつけの歌《うた》にもかかわらず、ぼくが左手《ひだりて》をついた床《ゆか》は、ぼくが歌《うた》ったメロディーに反応《はんのう》するように光《ひか》った。光《ひかり》はまるで水《みず》が流《なが》れるように木《き》の根《ね》をつたい、あたりを明《あか》るく照《て》らしていく。

と、その時《とき》だった。

ぼくらの頭上《ずじょう》で鳴《な》り響《ひび》いていたイチのトランペットの音色《ねいろ》に、メロディーが吹《ふ》きこまれた。それはぼくがたった今歌《いまうた》ったものと同《おな》じ、きらきら星《ぼし》。

おどろいて空中《くうちゅう》にイチの姿《すがた》を探《さが》すと、イチのトランペットから生《う》まれ出《で》ている音《おん》符《ぷ》に変化《へんか》が見《み》てとれた。音符《おんぷ》たちは、先《さき》ほどのしゃぼん玉《だま》のような虹色《にじいろ》の透明《とうめい》ではなくなり、それぞれが赤《あか》や青《あお》、黄色《きいろ》などはっきりとした濃《こ》い色《いろ》を持《も》つようになっていたのだ。そしてそれらは、先《さき》ほどのように頼《たよ》りなくあたりをさまようことはなく、まるで弾丸《だんがん》のようにまっすぐに巨大《きょだい》ライオンに向《む》かっていく。そして、ライオンにぶつかると激《はげ》しい爆発音《ばくはつおん》をたてた。まるで、星《ほし》が隕石《いんせき》となって雨《あめ》のように空《そら》からふりそそいでいるかのようだ。

巨大《きょだい》ライオンが、ひときわ大《おお》きな悲鳴《ひめい》をあげてたおれる。すると、次《つぎ》なる指令《しれい》がリヨウから飛《と》んだ。

「公《こう》くん、次《つぎ》、右手《みぎて》！　右手《みぎて》ついて！」

ぼくはあわてて、左手《ひだりて》と右手《みぎて》を入《い》れかえる。また歌《うた》えばよいのかと思《おも》い、息《いき》をすうと、リョウからはまた突拍子《とっぴょうし》もない言葉《ことば》が飛《と》んできた。

「公《こう》くん、1たす1は？」

突然《とつぜん》、世《よ》の中《なか》でいちばんかんたんな算数《さんすう》の問題《もんだい》を出《だ》されて、ぼくはとまどう。写真《しゃしん》でも撮《と》るのだろうかという疑問《ぎもん》が一瞬《いっしゅん》、頭《あたま》をよぎったけれど、まさかと思《おも》いなおして、おそるおそる答《こた》える。

「え、えと、2？」

ここでもやはり、ぼくの答《こた》えには、はてなマークがついてしまう。

「3たす5！」

「は、8」

「12たす35！」

「ええっと、よんじゅう……なな」

「5かける9！」

とまどうぼくをおきざりにして、リョウは次々《つぎつぎ》にたし算《ざん》やらかけ算《ざん》やら、単純《たんじゅん》な計算問題《けいさんもんだい》をくり出《だ》す。ぼくはそれにほぼ反射的《はんしゃてき》に答《こた》え、それからはっと気《き》がついてサノの姿《すがた》を探《さが》した。イチの次《つぎ》は、きっとサノだと感覚的《かんかくてき》に思《おも》った。

そして、その勘《かん》のとおり、ぼくの右手《みぎて》の先《さき》で木《き》の根《ね》が光《ひか》ったかと思《おも》うと、一拍《ぱく》おいてサノの右手《みぎて》の剣《けん》がぎらりと光《ひか》り、ぐんっと、ひとまわり大《おお》きくなった。そして、次《つぎ》の瞬間《しゅんかん》。

「行《い》っけぇ！」

そんなサノのかけ声《ごえ》がしたかと思《おも》うと、イチの攻撃《こうげき》ですっかりバランスをくずしていたライオンの胸《むね》に、サノの剣《けん》がまっすぐにつきささった。今《いま》まででいちばん大《おお》きなライオンのさけび声《ごえ》があたりに響《ひび》きわたる。まるでジェット機《き》と新幹線《しんかんせん》が同時《どうじ》に空間《くうかん》を走《はし》りぬけたかのような衝撃《しょうげき》が、あたりをつつんだ。上下《じょうげ》とも左右《さゆう》ともとれないめちゃくちゃなゆれに体《からだ》が持《も》っていかれる。声《こえ》にならない悲鳴《ひめい》が、のどの奥《おく》でねじまがった。

そして、がくん、という大《おお》きなゆれとともに視界《しかい》が激《はげ》しくゆがんだと思《おも》った次《つぎ》の瞬間《しゅんかん》。

ジジッと強《つよ》い電流《でんりゅう》が走《はし》ったかのような音《おと》がして、視界《しかい》が青《あお》い稲妻《いなずま》のような光《ひかり》に分断《ぶんだん》された。時間《じかん》が止《と》まったかのような静《しず》けさがおとずれる。そして、その一瞬《いっしゅん》ののち、ぼくの目《め》の前《まえ》で暴《あば》れ続《つづ》けていたライオンは、シュッと、まるでテレビのスイッチを消《け》したかのように、あとかたもなく消《き》え失《う》せたのだった。

それでぼくは、床《ゆか》にへたりこんだまま、ぱちくりとまばたきをする。見《み》れば、あたりはなにごともなかったかのようにあたりまえの顔《かお》をして、元《もと》の安定《あんてい》をとりもどしていた。

と、パサっとかすかな物音《ものおと》がしたかと思《おも》うと、ぼくのとなりにイチが降《お》りてきた。イチのせなかに目《め》をやると、体《からだ》をつつみこむほどに大《おお》きかったそのカラフルな翼《つばさ》は、風船《ふうせん》がしぼむように小《ちい》さくなっていっており、やがてそのせなかに、すいこまれるように消《き》えた。イチはといえば、平然《へいぜん》とした顔《かお》でトランペットを元《もと》の腰《こし》の位置《いち》にもどしている。

さらにぼくの逆《ぎゃく》どなりでは、ふうっと少《すこ》し長《なが》めのため息《いき》をもらして、リョウが地《じ》面《めん》から例《れい》の舵《かじ》を引《ひ》っこぬいていた。舵《かじ》は、地面《じめん》からはなれると、やはりすぐにちぢみ、元《もと》の髪《かみ》かざりの大《おお》きさになってリョウの手《て》におさまる。そしてリョウは、やはりなにごともなかったかのように、それを髪《かみ》にとめなおした。

「やれやれだね」

と、前方《ぜんぽう》からは、そんなため息《いき》まじりの声《こえ》とともに、サノが歩《ある》いてくる。

例《れい》の盾《たて》はいつの間《ま》にか元《もと》の辞典《じてん》へともどり、サノの右手《みぎて》ににぎられていたペンの剣《けん》は、現在進行形《げんざいしんこうけい》でしゅるしゅるとちぢんでいっている。そして、ペンが元《もと》のサイズにもどると、サノはきゅっとキャップをしめ、それをぽいっと胸《むね》ポケットにおさめた。

「大丈夫《だいじょうぶ》かい？」

ぼくのところまでやってくると、サノはいつもの調子《ちょうし》でぼくに右手《みぎて》をさし出《だ》して、ぼくを助《たす》け起《お》こす。その力《ちから》を借《か》りて、ぼくはなんとか起《お》き上《あ》がったけれど、胸《むね》ではまだ激《はげ》しい鼓動《こどう》が、うるさいくらいにぼくの心臓《しんぞう》をたたいていた。

「い、今《いま》のは、なんだったの？　その……全体的《ぜんたいてき》に」

ぼくは、すっかり元《もと》の姿《すがた》となった三人《にん》を順《じゅん》ぐりにながめてたずねる。サノが、とぼけた調子《ちょうし》で肩《かた》をすくめた。

「最初《さいしょ》に言《い》ったろ。夢《ゆめ》だよ」

そう言《い》ってサノは、くすくすと笑《わら》う。リョウは、そんなサノをとがめるようにひとにらみすると、ぼくに向《む》きなおった。

「ごめんね、公《こう》くん。びっくりしたでしょ。わたしたちも、いきなり出《で》てくるとは思《おも》わなかったから……」

先《さき》ほど舵《かじ》をにぎっていた時《とき》のきびしい口調《くちょう》とはちがい、リョウの声《こえ》は、元《もと》のやわらかい調子《ちょうし》にもどっている。

「えっと、あのね、実《じつ》はさっき言《い》い忘《わす》れたんだけど、公《こう》くんがここにまよいこむ少《すこ》し前《まえ》に、事故《じこ》……というか、大《おお》きめの地震《じしん》があって、この迷宮《めいきゅう》にある記憶《きおく》が、ちょっとごちゃごちゃになっちゃったみたいなの。そのせいで、なにかとなにかの記憶《きおく》が偶《ぐう》然《ぜん》でたらめにくっついて、今《いま》の魔物《まもの》を作《つく》り出《だ》しちゃったんじゃないかな。記憶《きおく》が作《つく》っているまやかしだから、サノの言《い》うとおり、夢《ゆめ》みたいなものなんだけど、公《こう》くんが思《おも》っているような、寝《ね》ている時《とき》に見《み》る夢《ゆめ》とちがって、ここでは、夢《ゆめ》をあやって退治《たいじ》しないと、わたしたちは夢《ゆめ》から目覚《めざ》められないの。それにしても……」

と、そこでリョウは心配《しんぱい》そうに唇《くちびる》をかむ。

「今《いま》のはモモとカイっていう仲間《なかま》のところから飛《と》んできた記憶《きおく》なんだけど、こんな記《き》憶《おく》が飛《と》んできたってことは、ふたりになにかあったのかもしれない。無事《ぶじ》だといいんだけど……」

そう言《い》ってリョウは、顔《かお》をくもらせる。

しかし、ぼくとしては正直《しょうじき》、顔《かお》も知《し》らないそのふたりより、自分《じぶん》の身《み》の安全《あんぜん》のほうが気《き》になった。

「え、じゃあ、これからまたさっきみたいのが出《で》てくるかもしれないってこと……？」

できれば、もうあんな目《め》にはあいたくない、と、心《こころ》の声《こえ》がそのままもれでてしまいそうだ。いや、もれでていたのかもしれない。リョウが、はっと顔《かお》を上《あ》げた。

「あ、ごめん、そんな心配《しんぱい》しないで。ほら、あくまで夢《ゆめ》だから。出《で》てくると、ちょっとやっかいで手間《てま》がかかるくらいで、基本的《きほんてき》にはなんの問題《もんだい》もないからね」

ちょっと、やっかい？　さっきので？

そんなことをけろりと言《い》ってのけるリョウに、ぼくはおびえて返《かえ》す言葉《ことば》もない。

「まあああまあ、大丈夫《だいじょうぶ》だって」

と、かたまっているぼくの筋肉《きんにく》を無理《むり》やりほぐそうとするかのように、サノがぼくの右肩《みぎかた》をぐっとつかんで、そのままぼくを押《お》し出《だ》すように歩《ある》きはじめる。

「今《いま》の見《み》てたろ？　次《つぎ》にまた何《なに》が出《で》てきたって、俺《おれ》がぱぱっと片《かた》づけるから安心《あんしん》しろって」

安心《あんしん》もなにも、先《さき》ほどサノは途中《とちゅう》、少《すこ》し苦戦《くせん》していたように見《み》えたのだが。

と、不安《ふあん》そうなぼくの表情《ひょうじょう》に気《き》がついたのか、リョウがつけ加《くわ》える。

「イチもいるしね」

すると、サノは条件反射《じょうけんはんしゃ》のようにむっとして顔《かお》をゆがめた。

「あんな気分屋《きぶんや》なんて、頼《たよ》りになるか。どんな時《とき》も裏切《うらぎ》らないのは、俺《おれ》の能力《のうりょく》だけだ」

「そんなことないでしょ」

またおいてけぼりにされたぼくは、期待《きたい》をこめてリョウを見《み》つめる。するとリョウは、すぐにぼくの視線《しせん》に気《き》がついて、期待《きたい》どおり説明《せつめい》してくれた。

「あ、ごめんね。ええっと、サノの能力《のうりょく》っていうのはつまり……。えっとね、公《こう》くん。ここでは、サノは論理《ろんり》の記憶担当《きおくたんとう》で、イチは芸術《げいじゅつ》の記憶担当《きおくたんとう》なの」

ロンリとゲイジュツ？

論文《ろんぶん》を書《か》くような学者《がくしゃ》の記憶《きおく》を管理《かんり》したり、音楽家《おんがくか》や画家《がか》の記憶《きおく》を管理《かんり》したりするということだろうか。と、頭《あたま》をかかえるぼくの横《よこ》で、サノが得意《とくい》げに胸《むね》をはる。

「記憶《きおく》そのものの担当《たんとう》というより、まあ、覚《おぼ》え方《かた》ってところかな。言葉《ことば》や数学《すうがく》、論理《ろんり》などなど、いわゆる知的《ちてき》でいちばん役《やく》に立《た》つ能力《のうりょく》をもってして記憶《きおく》を整理《せいり》するのが俺《おれ》の仕事《しごと》ってわけだ」

するとすかさずリョウが、あわてたようすで続《つづ》く。

「一方《いっぽう》でイチは、方向感覚《ほうこうかんかく》や空間認識《くうかんにんしき》、それから音楽《おんがく》の能力《のうりょく》に優《すぐ》れているから、絵《え》や音楽《おんがく》で記憶《きおく》を整理《せいり》しているの。もちろん、ふたりともそれしかできないってわけじゃなくて、イチにだって論理力《ろんりりょく》はあるし、ふだんはどんな仕事《しごと》も、みんなで協力《きょうりょく》してやってるんだけど、夢《ゆめ》が出《で》ている時《とき》は、こうやってわかりやすく能力《のうりょく》を分《わ》けてるの。あ、ついでにわたしは、そんなふたりが連携《れんけい》して仕事《しごと》をしやすいように、ふたりの情報《じょうほう》をお互《たが》いに運《はこ》ぶ……伝書鳩《でんしょばと》ってところかな？」

伝書鳩《でんしょばと》？

記憶《きおく》の管理《かんり》に鳩《はと》が飛《と》ぶ必要《ひつよう》があるだろうか。

ふふっと楽《たの》しそうに笑《わら》うリョウをよそに、ぼくはいまいち腑《ふ》に落《お》ちない。なんだかふたりとも取《と》ってつけたような説明《せつめい》をしているような気《き》がするのだけれど、気《き》のせいだろうか。

ただ、ちらりとうしろをふりかえれば、ぼくら三人《にん》のうしろを、イチがのんびりとついてきており、その、歩《ある》くたびに頭《あたま》の上《うえ》でふわふわとゆれる虹色《にじいろ》のちょんまげを見《み》ると、彼《かれ》が芸術担当《げいじゅつたんとう》だということだけには納得《なっとく》がいった。

するとそこで、リョウの説明《せつめい》に不服《ふふく》そうにしていたサノが、話《はなし》をまとめてくれる。

「まあ要《よう》は、世界《せかい》の記憶《きおく》を保存《ほぞん》しておくにあたり、ひとつの覚《おぼ》え方《かた》だけで保存《ほぞん》するより、複数《ふくすう》の保存方法《ほぞんほうほう》があったほうが、より深《ふか》く安全《あんぜん》に記憶《きおく》を保存《ほぞん》できるだろうってことで、俺《おれ》が論理的《ろんりてき》、イチが感覚的《かんかくてき》に世界《せかい》の記憶《きおく》を整理《せいり》して、それをリョウがさらにまとめていると思《おも》ってくれればいいよ。そうだな、百科事典《ひゃっかじてん》でいうと俺《おれ》が文章説明担《ぶんしょうせつめいたん》当《とう》で、イチが挿絵《さしえ》や付属《ふぞく》CD《シーディー》に入《はい》っている音楽担当《おんがくたんとう》、リョウがそのふたつをひとつの項目《こうもく》にまとめているってとこかな。で、今《いま》みたいに夢《ゆめ》におそわれた時《とき》だけ、俺《おれ》らはそれぞれの力《ちから》、すなわち俺《おれ》は論理力《ろんりりょく》、イチは芸術関係《げいじゅつかんけい》、リョウは俺《おれ》たちが活躍《かつやく》する場《ば》を整《ととの》えるバランス力《りょく》を具現化《ぐげんか》することができて、それで夢《ゆめ》を退治《たいじ》するのも、俺《おれ》らの仕事《しごと》のうちってわけだ」

種子植物の……咲くは美しい色やよい香り
【花（はな）】

つまり先《さき》ほどサノは、論理力《ろんりりょく》をペンの剣《けん》と本《ほん》の盾《たて》というかたちに、イチは芸術《げいじゅつ》の力《ちから》をカラフルな翼《つばさ》とトランペット大砲《たいほう》というかたちに、リョウはバランス力《りょく》を舵《かじ》というかたちに変《か》えて戦《たたか》った、ということらしい。

なるほど、なんとなく筋《すじ》は通《とお》っている気《き》はする。しかし、あいかわらずリョウは、どうもなにかを説明《せつめい》するたびになにかをごまかしているように見《み》えて、それが気《き》にかかる。助《たす》けを求《もと》めるようにちらちらとサノを見《み》やることも多《おお》いし、やはりふたりは、なにかを隠《かく》しているのかもしれない。それを確《たし》かめるように、ぼくはさらにたずねた。

「じゃあさっき、ぼくが歌《うた》ったり、計算《けいさん》をしたりしたのは……」

するとリョウは早口《はやくち》に、ぼくをさえぎる。

「あ、あれね、ごめんね、さっきはいきなり……。えっと、あれは……。そう、実《じつ》はあれは、イチとサノの力《ちから》を強化《きょうか》するための、公《こう》くんにしかできないおまじないだったの。ね、サノ」

リョウがそう言《い》ってサノを見《み》ると、案《あん》の定《じょう》、サノはすぐに助太刀《すけだち》する。

「そう、君《きみ》はなんだかんだいって、この記憶迷宮《きおくめいきゅう》がつくる世界《せかい》そのものから来《き》た存《そん》在《ざい》だからね、本来《ほんらい》、俺《おれ》らとこの根《ね》を介《かい》してつながっているべき存在《そんざい》で、それゆえに今《いま》も、俺《おれ》らと密《みつ》につながっているといっていい。君《きみ》が床《ゆか》や壁《かべ》に右手《みぎて》をついて力《ちから》をつかえば、それは、この空間《くうかん》をつたって直接俺《ちょくせつおれ》の力《ちから》になる」

「つかうって、ええっと、サノの場合《ばあい》は、暗算《あんざん》をすればいいってこと？」

「そう。計算《けいさん》は、俺《おれ》の得意領域《とくいりょういき》だからね」

サノはどこか満足《まんぞく》げに言葉《ことば》をはずませる。

「そして、音楽《おんがく》はイチの得意領域《とくいりょういき》」

リョウが同《おな》じようなリズムで、つけ加《くわ》えた。そして、これ以上《いじょう》ぼくに質問《しつもん》されまいとしてか、そのままパンっと両手《りょうて》を合《あ》わせると、

「これで次《つぎ》からは、最初《さいしょ》から公《こう》くんに助《たす》けてもらえるね。そうだ、ルールを決《き》めておきましょう」

と、強引《ごういん》に話《はなし》を進《すす》め出《だ》す。

「次《つぎ》にさっきみたいに夢《ゆめ》におそわれたら、今度《こんど》は公《こう》くん、自分《じぶん》でようすを見《み》て、サノとイチを応援《おうえん》してね。イチの場合《ばあい》は、さっきと同《おな》じきらきら星《ぼし》をハミングで歌《うた》い続《つづ》ければよくて、サノの場合《ばあい》は……」

そこでリョウは、少《すこ》しだけ悩《なや》むと、すぐに、今度《こんど》はぽんっと楽《たの》しそうに手《て》を打《う》った。

「そうね、いちいち問題《もんだい》を考《かんが》えるのもたいへんだから、こうしましょう。頭《あたま》の中《なか》で、千から数《かず》をひき算《ざん》していくの。引《ひ》くほうの数《かず》を、一回《かい》ごとに1ずつ増《ふ》やしていって……。1000引《ひ》く1は、999。999引《ひ》く2は、997。997引《ひ》く3は994って、これをくりかえす。どう?」

それでぼくはさっそく頭《あたま》の中《なか》で、その計算《けいさん》をくりかえしてみる。少《すこ》しややこしかったけれど、できなくはなさそうだ。

うなずくぼくを見《み》て、サノは鼻《はな》の穴《あな》をふくらませる。

「いいね、いいね。なんだか、RPG《アールピージー》のパーティーみたいで楽《たの》しいじゃないか。冒《ぼう》険《けん》らしくなってきた」

そんなサノの言葉《ことば》に、ぼくも思《おも》わず、もう一度《いちど》力強《ちからづよ》くうなずいてしまう。役割《やくわり》ができたことで、今《いま》までただのお荷物《にもつ》でしかなかったぼくの存在価値《そんざいかち》が、一気《いっき》に高《たか》まったような気《き》がして、正直《しょうじき》うれしかったのだ。空気《くうき》の味《あじ》さえ変《か》わったように感《かん》じる。ずっとふわふわとしていた心《こころ》がようやく体《からだ》になじみ、呼吸《こきゅう》を通《つう》じて、今《いま》、自分《じぶん》が立《た》っているこの世界《せかい》と、きちんとつながりはじめたような心地《ここち》がした。

しかし、ぼくの心持《こころも》ちが変《か》わったところで、あたりの光景《こうけい》は、歩《あゆ》めど歩《あゆ》めど変《か》わらなかった。アーチ形《がた》トンネルの樹海《じゅかい》は、ただただどこまでも続《つづ》いている。道《みち》は一本《いっぽん》道《みち》だったけれど、たまに上《うえ》や下《した》に穴《あな》があいていて、ぼくはその穴《あな》を見《み》るたびにぞくりとした。

サノによれば迷宮《めいきゅう》とは、迷路《めいろ》とは厳密《げんみつ》には異《こと》なり、道《みち》はぐねぐねとまがりくねってはいるものの、基本的《きほんてき》には一本道《いっぽんみち》であるらしい。

となれば、そもそもまようこともないのでは、と思《おも》いきや、どうやらこの迷宮《めいきゅう》は、その一本道《いっぽんみち》が微妙《びみょう》に傾斜《けいしゃ》することで上《うえ》にも下《した》にも、同《おな》じような空間《くうかん》が層《そう》をなして続《つづ》いている構造《こうぞう》になっているらしく、さらには木《き》の根《ね》もどきの配列《はいれつ》の関係《かんけい》で、たまに地《じ》面《めん》にぽっかりと穴《あな》があいている。気《き》づかずにその穴《あな》に落《お》ちてしまうと、もと来《き》た道《みち》に逆《ぎゃく》もどり、永遠《えいえん》に迷宮《めいきゅう》から出《で》られなくなってしまうのだそうだ。

そんな話《はなし》を聞《き》いてしまうと、終《お》わりのない一本道《いっぽんみち》は、いくつもの分《わ》かれ道《みち》よりも、よっぽどおそろしいものに思《おも》えてくる。

しかし、幸《さいわ》いかどうかはさておき、それからずいぶんと歩《ある》いたのち、ぼくらはとうとう、通路《つうろ》ではない、部屋《へや》と呼《よ》べる空間《くうかん》にたどりついた。

第三章　散《ち》る落《お》ちる闇《やみ》

「ショウ!」

ひらけた空間《くうかん》につくなり、リョウはその名《な》をさけんだ。ぼくは、部屋《へや》の入《い》り口《ぐち》に立《た》ちつくす。部屋《へや》は、まるで嵐《あらし》が通《とお》り過《す》ぎたあとのように、ずいぶんと荒《あ》れていた。

そこは、ドーム状《じょう》に広《ひろ》がった空間《くうかん》で、木《き》の根《ね》もどきによってつくられたかまくらのような、ふしぎなつくりをしている。まんなかにある仕切《しき》りで、ふたつの空間《くうかん》に分《わ》けられており、入《い》り口《ぐち》の前《まえ》に立《た》つと、そのどちらの空間《くうかん》の中《なか》も見《み》ることができた。まるで廊下《ろうか》から、男子《だんし》トイレと女子《じょし》トイレの境《さかい》を見《み》ているような気分《きぶん》だ。リョウがまず、向《む》かって右側《みぎがわ》のほうへ入《はい》っていったので、そちらが女子《じょし》トイレなのかもしれない。なんとなくイチとサノの出方《でかた》を見守《みまも》っていると、サノが左側《ひだりがわ》へ歩《ある》いていったので、ぼくもそれに続《つづ》いた。

しかし、当《あ》たりは女子《じょし》トイレのほうだったらしい。

「ショウ！　大丈夫《だいじょうぶ》？」

その声《こえ》に、ぼくとサノはすぐにリョウの声《こえ》のほうへ駆《か》けつける。すると、リョウがしゃがみこんで声《こえ》をかけているがらくたの山《やま》に、ひとりの少年《しょうねん》がうもれていた。

「た、助《たす》けてー」

と、そんな声《こえ》がもれ出《で》てくる。リョウはすでにがらくた山《やま》の撤去《てっきょ》にとりかかっており、ぼくらもあわてて、それに続《つづ》いた。

それにしても物《もの》の多《おお》い部屋《へや》だった。部屋《へや》のすみには青《あお》とピンクのバランスボールが、サイズをたがえていくつも転《ころ》がっている。けん玉《だま》やつみ木《き》などの小《ちい》さなおもちゃがあちらこちらに散《ち》らかっているかと思《おも》えば、部屋《へや》の中心《ちゅうしん》には、体育館《たいいくかん》でしか見《み》たことのない大《おお》きな平均台《へいきんだい》がでんっとすえてある。天井《てんじょう》からは、電車《でんしゃ》のつり革《かわ》のようなものがいくつもぶら下《さ》がっていた。

ほかにもスポーツジムで見《み》かけるようなトレーニング器具《きぐ》などが、そこかしこにならんでいたが、それらのほとんどが横倒《よこだお》しになっており、ひどいものではまっさかさまにひっくりかえっているものまであった。

そして今現在《いまげんざい》、ぼくたちの目《め》の前《まえ》で助《たす》けを求《もと》めているその少年《しょうねん》はなぜか、がらくただけではなく、この部屋《へや》でスポーツ用品《ようひん》に次《つ》いで目立《めだ》っているたくさんの飛行機《ひこうき》の模型《もけい》にうもれている。

「いやー、助《たす》かったっす。サンキューっす」

四人《にん》がかりで物《もの》をどけて、ようやく救出《きゅうしゅつ》できたその彼《かれ》は、十歳《さい》くらいに見《み》える背《せ》の低《ひく》い少年《しょうねん》だった。スポーツ刈《が》りにされた黒《くろ》い髪《かみ》にオレンジ色《いろ》のゆったりとしたタンクトップ、同《おな》じくオレンジ色《いろ》のハーフパンツの下《した》には、体《からだ》に対《たい》して少々大《しょうしょうおお》きすぎるように見《み》える、ぶかぶかのバスケットシューズをはいている。近所《きんじょ》によくいるバスケ少年《しょうねん》といった感《かん》じだ。

「連絡《れんらく》がとれないと思《おも》ったら、やっぱりつぶれてたのね。これ、あの事故《じこ》……というか、地震《じしん》の時《とき》に？」

リョウがあわれむような目《め》でショウを見《み》やる。ショウは、照《て》れたようにうなずいて、

「はげしいゆれだったたっすからね。なさけないことに、おれっちのバランス感覚《かんかく》じゃとてもたえきれなかったたっす」

ショウは、そう言《い》いながら順《じゅん》ぐりにぼくたちの顔《かお》をながめる。そしてその視線《しせん》は、ぼくの上《うえ》を通《とお》り過《す》ぎようとしたところで、急《きゅう》ブレーキがかかって止《と》まった。

「あれ？　きみは……」

自己紹介《じこしょうかい》をしたほうがよいのだろうか。

とまどっている少年《しょうねん》を前《まえ》に、しかし、ぼくはいまだに、自分《じぶん》のことをうまく説明《せつめい》できずに、同《おな》じくとまどう。「どうも、記憶喪失中《きおくそうしっちゅう》の主人公《しゅじんこう》です」と、まさかそうも口《くち》にできない。

と、ぼくがこまって、ぽりぽりと耳《みみ》の上《うえ》のあたりをかいていると、もうお決《き》まりの

流《なが》れとなったのか、リョウが助《たす》けてくれた。

「ショウ、この子《こ》がね、ほら、あのまよいこんじゃった子《こ》。出口《でぐち》まで送《おく》り届《とど》けるところなの。わたしたちは、公《こう》くんって呼《よ》んでるのよ」

それでぼくは、ただ軽《かる》く、どうも、と頭《あたま》を下《さ》げる。するとショウは、

「コウ……?」

と、ぼくをしげしげと上《うえ》から下《した》までながめて、ふしぎそうに首《くび》をかしげた。やはり、ぼくのような存在《そんざい》は、めずらしいのだろうか。しかし、そのあとすぐにリョウが、

「公《こう》くん、この子《こ》がショウよ。わたしたちと連携《れんけい》して、運動《うんどう》の記憶《きおく》を担当《たんとう》しているの」

と、ショウを紹介《しょうかい》すると、ショウは、少《すこ》し照《て》れたようすを見《み》せながらもスポーツマンシップにのっとるように、ぼくにあくしゅを求《もと》めてきた。

「よろしくっす!」

「それにしても、まあ、ずいぶんと散《ち》らかったね」

と、サノは、ぼくらのあいさつなど気《き》にもしていないようすで、あきれ顔《がお》であたりを

見《み》まわしている。確《たし》かにこの部屋《へや》は、ぐちゃぐちゃという言葉《ことば》の代表《だいひょう》かと思《おも》うほどに物《もの》が散乱《さんらん》していて、身動《みうご》きがとりづらいくらいだ。

「いやー、めんぼくない。かたづけなきゃならないっすねぇ」

そう言《い》うショウの声《こえ》には、すでにそのとほうもない作業量《さぎょうりょう》を予想《よそう》しているかのような、ため息《いき》がまじっている。

「しかたない。ちょっと手伝《てつだ》っていきましょ」

リョウは、気合《きあい》を入《い》れるようにふっと息《いき》をはいて、腰《こし》に手《て》をやった。

「わたしとイチとショウでこっち側《がわ》をやるから、ふたりは向《む》こう側《がわ》。わたしたちも一《いち》応《おう》、急《いそ》いでるから最後《さいご》まではやらないからね」

リョウは、まるで学級委員長《がっきゅういいいんちょう》のように場《ば》を仕切《しき》って、四人《にん》それぞれの顔《かお》を見《み》た。

「やー、助《たす》かるっす！　ありがたい！」

よろこぶショウの声《こえ》には、どこかそれを期待《きたい》していたかのような甘《あま》えもふくまれているように聞《き》こえ、少《すこ》しだまされたような気《き》もしたが、確《たし》かにこの量《りょう》の物品《ぶっぴん》を整理《せいり》するとなると、ひとりでは骨《ほね》が折《お》れそうだ。人《ひと》として、無視《むし》をするのはしのびない。と、納得《なっとく》したぼくは、すなおにサノのあとに続《つづ》いて、仕切《しき》りの向《む》こう側《がわ》へ向《む》かう。

そして、期待《きたい》を裏切《うらぎ》ることなく、そのもうひとつの空間《くうかん》も、まったくもって同《おな》じ荒《あ》れ方《かた》をしていた。左右《さゆう》の部屋《へや》で同《おな》じ物《もの》をひとそろいずつそろえているのか、同《おな》じような物《もの》がそこかしこに同《おな》じように転《ころ》がっている。

「力仕事《ちからしごと》は得意《とくい》じゃないんだけどね」

サノは、やる気《き》のない声《こえ》を出《だ》しながら、とりあえずといったようすで手近《てぢか》なトレーニングマシンを立《た》てなおし、その下《した》から出《で》てきたレンチを、右手《みぎて》でもてあそびはじめる。あの、ボルトなどをしめたりゆるめたりする際《さい》につかう鉄製《てっせい》の工具《こうぐ》だ。サノはそれをぽんぽんと宙《ちゅう》に投《な》げては、すきあらばサボりたいと、全身《ぜんしん》でうったえている。

それでぼくは、なんとかサノの気《き》をまぎらわせようと気《き》をつかい、会話《かいわ》を試《こころ》みた。

「ふしぎな部屋《へや》だね。ここは、ショウの仕事場《しごとば》？　みんな、家《いえ》は迷宮《めいきゅう》の外《そと》にあるの？」

するとサノは、ふっと鼻《はな》で笑《わら》った。

「家《いえ》？　のんきな発想《はっそう》だね」

馬鹿《ばか》にするような、あわれむようなその口調《くちょう》に、ぼくは少《すく》なからずむっとする。

しかし、サノはそんなぼくの気持《きも》ちを知《し》ってか知《し》らずか、そのまま続《つづ》けた。

「俺《おれ》らはみんな、この迷宮《めいきゅう》で四六時中《しろくじちゅう》働《はたら》いてるんだ、家《いえ》なんてないよ。まあ、俺《おれ》の仕事《しごと》は高度《こうど》で繊細《せんさい》だから、要所要所《ようしょようしょ》で休養《きゅうよう》も必要《ひつよう》だけど、それも仕事《しごと》に向《む》けたメンテナンスのため。全部《ぜんぶ》この迷宮内《めいきゅうない》の自分《じぶん》の部屋《へや》ですましてるよ。その部屋《へや》だって、大《おお》きさはここよりずっと大《おお》きいけど、つくりは同《おな》じ。ドーム状《じょう》の部屋《へや》がふたつに分《わ》かれていて、片方《かたほう》が俺《おれ》の部屋《へや》、もう片方《かたほう》がイチの部屋《へや》だ。ただ、こことちがって、その間《あいだ》に廊下《ろうか》みたいな空間《くうかん》があって、そこがリョウのスペースになってる」

「リョウだけ廊下《ろうか》なの？　なんか、かわいそうじゃない？　それ」

「……そうだね。俺《おれ》もずっと、そう思《おも》ってた。ショウみたいなやつだって、ひとりでこの空間《くうかん》をきりもりできてるんだ。俺《おれ》だって、ひとりでできるはずだ。ふだんから、あいつより俺《おれ》のほうがずっと役《やく》に立《た》ってるんだから」

後半《こうはん》、サノはまるでひとりごとのように言葉《ことば》をこぼして、ここではないどこか遠《とお》くを見《み》つめた。いや、遠《とお》くではないのかもしれない。うすい仕切《しき》りの向《む》こう側《がわ》、ぼくらがさっきまでいたもうひとつの空間《くうかん》を見《み》ているのかもしれなかった。

あいつとは誰《だれ》のことだろう。

ショウ？

リョウ？

それとも……。

いつもとちがう、サノのその静《しず》かな視線《しせん》にひやりとして、ぼくはなにも言葉《ことば》をかけることができなかった。

しかしその時《とき》、そんなピリリとした空間《くうかん》を、すっとんきょうな声《こえ》が切《き》りさいた。

「あっれー？　全然《ぜんぜん》進《すす》んでないじゃないっすか！」

ショウが、そんな甲高《かんだか》い声《こえ》とともに壁《かべ》の向《む》こう側《がわ》からやってきて、ぼくらの担当空《たんとうくう》間《かん》を見《み》わたしたのだ。確《たし》かに、サノがマシンをひとつ立《た》てなおしただけで、先《さき》ほどからなにも進《すす》んでいない。

「まったく、ダメダメっすねー。まあ、しょうがないっすよね、サノっちは根《ね》っからの言葉《ことば》好《ず》きだもんなぁ。おれっちゃイッチーみたいな、言葉《ことば》にできない微妙《びみょう》な感覚《かんかく》の領域《りょういき》のものをあつかうのは苦手《にがて》なんすよね」

ショウは、サノの二倍《ばい》のスピードで、次々《つぎつぎ》とあたりの大型《おおがた》の物《もの》を整《ととの》えながら、ちっとも息《いき》を切《き》らさずに言《い》う。するとサノは、

「苦手《にがて》じゃないさ。ただ、意味《いみ》を見《み》いだせないだけだ」

と、すっかりいつもの調子《ちょうし》をとりもどしていて、さらりとした口調《くちょう》で、自分《じぶん》を曲《ま》げない。言葉《ことば》どおり、手《て》にとる物《もの》すべてに興味《きょうみ》がないようで、かたづけ方《かた》もどこかぞんざいだ。

「残念《ざんねん》っすねぇ。悲《かな》しいっすよ、おれっちの研究《けんきゅう》のロマンを理解《りかい》してもらえないなんて」

と、ショウは芝居《しばい》がかった調子《ちょうし》で、大《おお》げさになげく。

それでぼくは、先《さき》ほどサノの視線《しせん》から感《かん》じた冷気《れいき》を心《こころ》から追《お》い出《だ》そうと、思《おも》わず早口《はやくち》でたずねた。

「研究《けんきゅう》って?」

するとショウはかたづけの手《て》を止《と》め、目《め》をらんらんと輝《かがや》かせてふりかえる。

「お! 興味《きょうみ》を持《も》ってくれるんすか、主人公《しゅじんこう》さん」

その予想以上《よそういじょう》の食《く》いつきのよさに、ぼくは少《すこ》しだけ質問《しつもん》したことを後悔《こうかい》する。しかしショウは、そんなぼくのリアクションのうすさをものともせずに、

「これっすよ、これ」

と言《い》って、床《ゆか》に落《お》ちていた赤《あか》い飛行機《ひこうき》の模型《もけい》を手《て》にとった。レトロなデザインのそれは、プロペラのついたシンプルな飛行機《ひこうき》だ。

「飛行機《ひこうき》?」

「そう。おれっちは、いつかこの体《からだ》で空《そら》を飛《と》ぶのが夢《ゆめ》なんすよ」

ショウは、小《ちい》さな子《こ》どもが夢《ゆめ》を語《かた》る時《とき》のように目《め》だけではなく顔全体《かおぜんたい》を輝《かがや》かせて

いる。

なるほど、それでこんなに飛行機《ひこうき》の模型《もけい》や鳥《とり》の翼《つばさ》のような工作《こうさく》が散乱《さんらん》しているのか、とぼくは改《あらた》めて部屋《へや》を見《み》まわして納得《なっとく》する。納得《なっとく》ついでに、あまり考《かんが》えなしにたずねた。

「飛《と》ぶって……。イチみたいに？」

言《い》ってから、いや、これだけ飛行機《ひこうき》を集《あつ》めているということは、乗《の》りものでだろうか、と考《かんが》えなおしたけれど、もう遅《おそ》い。ぼくは、なさけない顔《かお》でショウを見《み》た。

すると、ショウはけらりと笑《わら》って、

「いや、イッチーのあの能力《のうりょく》は、夢《ゆめ》が出《で》てきている時《とき》にしかつかえない錯覚《さっかく》みたいなものっすから、また別《べつ》ものっす！　人間《にんげん》、誰《だれ》しも夢《ゆめ》の中《なか》なら飛行体験《ひこうたいけん》を味《あじ》わうことができるんすよ！　明晰夢《めいせきむ》っていう、夢《ゆめ》の中《なか》で自分《じぶん》の思《おも》うとおりに行動《こうどう》できる夢《ゆめ》を見《み》られる人《ひと》なんかは、こうやって夢《ゆめ》の中《なか》で軽《かる》く体《からだ》をひねると、どこへでも自由《じゆう》に飛《と》んでいけるんす！」

と、自《みずか》ら体《からだ》をひねって見《み》せてくれる。

そして、すぐにまた姿勢《しせい》を正《ただ》すと、胸《むね》の前《まえ》でこぶしをにぎって続《つづ》けた。

「でも、それはあくまで夢《ゆめ》の中《なか》の話《はなし》。おれっちが興味《きょうみ》があるのは、夢《ゆめ》の力《ちから》を借《か》りない、人間《にんげん》の肉体的《にくたいてき》な飛行能力《ひこうのうりょく》なんす！　いくつかの道具《どうぐ》は必要《ひつよう》だとしても、人間《にんげん》だって筋肉《きんにく》を極限《きょくげん》まできたえれば、きっと……」

「いや、無理《むり》だろ」

理論派《りろんは》のサノは、ショウの夢《ゆめ》をあっさりと否定《ひてい》する。ショウは、むきになって声《こえ》を荒《あら》げた。

「なーんで、そういうこと言《い》うっすか！　空《そら》っすよ？　飛《と》ぶんすよ？　人類《じんるい》の永遠《えいえん》の夢《ゆめ》じゃないっすか！　そりゃ、今現在《いまげんざい》のこの体《からだ》じゃ無理《むり》かもしれないっすけど、おれっちが修業《しゅぎょう》をつむことによって、おれっちたちの子孫《しそん》にその力《ちから》が受《う》けつがれ、やがては……。いてっ」

前《まえ》のめりになって、早口《はやくち》に熱弁《ねつべん》していたせいか、ショウが地面《じめん》にころがっていたダ

ンベルに蹴《け》つまずいてたおれる。ガシャンと大《おお》きな音《おと》がした。サノは、ぼくを見《み》て大《おお》きく肩《かた》をすくめる。

「このとおり、こいつ、とろいんだ。飛《と》ぶうんぬんより、まず歩《ある》く練習《れんしゅう》が必要《ひつよう》だな」

サノはあいかわらず、人《ひと》のことを小馬鹿《こばか》にするのをやめない。しかしそこで、

「ちょっとー！　遊《あそ》んでないでちゃんとやってるー？」

と、壁《かべ》の向《む》こうから学級委員長《がっきゅういいんちょう》の声《こえ》が飛《と》んできた。それでぼくとサノは、顔《かお》を見合《みあ》わせると、あわてて作業《さぎょう》にもどった。

そうして、なんとか部屋《へや》がひととおりかたづいたころ。ぼくたち五人《にん》はまたひとつの部屋《へや》につどい、顔《かお》を合《あ》わせた。

「なるほど、じゃあ、次《つぎ》はカイっちとモモっちのところへ？」

サノとリョウから話《はなし》を聞《き》いたショウが、平均台《へいきんだい》の上《うえ》で器用《きよう》にあぐらをかいてそう言《い》うと、リョウはうなずいた。

「そう。公《こう》くんを出口《でぐち》につれていくついでにね。ふたりのことも気《き》になるし」

するとショウは、うーん、と小《ちい》さくうなって、

「おれっちもついていきたいところっすけど、おれっちはもう少《すこ》しこの部屋《へや》を整理《せいり》しとかないと、あとあと危《あぶ》ないっすからねぇ……」

と、手《て》に持《も》っていたいくつかのつみ木《き》ブロックを平均台《へいきんだい》の上《うえ》にとんとんとつみ重《かさ》ねながら、部屋《へや》を見《み》まわす。一応見《いちおうみ》られる程度《ていど》にはかたづいたが、整理整頓《せいりせいとん》という状態《じょうたい》にはほど遠《とお》い。

「ぜひ、そうしてくれ。起《お》きたとたん、またたおれるなんてまっぴらだ」

サノが深《ふか》くうなずく。

それでぼくは、眉《まゆ》をひそめた。

起《お》きる？　なんの話《はなし》だろう。

しかし、自分《じぶん》から会話《かいわ》の流《なが》れを止《と》める勇気《ゆうき》もなくて、ぼくはただ、そのままみんなの顔《かお》を順《じゅん》ぐりにながめる。ところが、今回《こんかい》は誰《だれ》もぼくに説明《せつめい》をしてくれない。リョウと一瞬目《いっしゅんめ》が合《あ》った気《き》がしたが、今回《こんかい》はすぐにふっ、とそらされてしまった。

なぜだろう。

「そうっすねぇ……」

と、ぼくの疑問《ぎもん》をよそに、ショウはサノの言葉《ことば》にうなずきながら、なにか考《かんが》えるような顔《かお》で自分《じぶん》のかたわらにつみ木《き》をつみ続《つづ》けると、

「そうだ！」

と、急《きゅう》にいきおいよく立《た》ち上《あ》がった。そのいきおいで、つみ木《き》がバラバラっとくずれ、サノが顔《かお》をしかめる。

しかし、ショウはそんなことなどおかまいなしのようすで、部屋《へや》のすみに駆《か》けていくと、なにやら大《おお》きなリュックのようなものを引《ひ》っぱり出《だ》してきた。

「カイっちたちのところに行《い》くんなら、いい近道《ちかみち》があるんすよ。入《い》り口《ぐち》まで案内《あんない》するっすから、ぜひそっちから行《い》くといいっす！」

興奮《こうふん》したようすのショウに共鳴《きょうめい》するように、リョウが黄色《きいろ》い声《こえ》を上《あ》げる。

「本当《ほんとう》！ ありがとう、助《たす》かる！」

サノだけが少々《しょうしょう》不安《ふあん》げで不満《ふまん》げな顔《かお》をしていたが、すっかり盛《も》り上《あ》がっているショウとリョウの手前《てまえ》、あえて口《くち》をはさむまいとしているようだ。

そうしてぼくたち一行《いっこう》は、ショウの部屋《へや》から出《で》ると、ショウの案内《あんない》で、その近道《ちかみち》の入《い》り口《ぐち》とやらまでやってきた。しかしその入《い》り口《ぐち》を見《み》て、一同絶句《いちどうぜっく》する。

「これって……」

思《おも》わず、ぼくが上《うわ》ずった声《こえ》を出《だ》すと、その続《つづ》きをリョウが言葉《ことば》にしてくれた。

「穴《あな》、よね」

すると、となりでサノが、盛大《せいだい》なため息《いき》をつく。

イチは、その人《ひと》ひとりがすっぽりと通《とお》れそうな、井戸《いど》のような穴《あな》に興味《きょうみ》を持《も》ったのか、近《ちか》くにすわりこみ、そのまっくらな穴《あな》の先《さき》をしげしげとのぞきこんだ。

サノ、リョウ、ぼく、誰《だれ》もが、同《おな》じ不安《ふあん》をいだいた。

しかし、ショウだけは、堂々《どうどう》と胸《むね》をはっている。

「穴《あな》っす！　人間《にんげん》、落《お》ちるのがいちばんの近道《ちかみち》っす」

と、なぜか自信満々《じしんまんまん》だ。

それでリョウは、遠慮《えんりょ》がちに切《き》り出《だ》した。

「落《お》ちるって、えっと、ショウ？　わたしたち、カイたちのところへ行《い》くのよ？　どちらかというと、上《うえ》に行《い》かないと……」

しかしショウの自信《じしん》はゆるがない。首《くび》だけが、いやいや、とゆれた。

「ところがどっこい、ここを落《お》ちたところが、ちょうどいい感《かん》じの坂道《さかみち》に続《つづ》いててっすね、そこをぎゅんっと上《あ》がれば、もうカイっちたちの部屋《へや》になるんすよ！　最近《さいきん》のおれっちの、大発見《だいはっけん》っす！」

ほめてくれ、と言《い》わんばかりのショウのテンションに、リョウは口《くち》ごもる。がんばれ、とぼくはつい、心《こころ》の中《なか》でリョウを応援《おうえん》してしまった。

その声《こえ》が届《とど》いたのか、リョウは少《すこ》しためらったのち、ショウを刺激《しげき》しないよう心《こころ》がけているかのようなやわらかな声《こえ》で、再度《さいど》、主張《しゅちょう》を開始《かいし》する。

「で、でもね、ショウ、これ、ほぼ垂直《すいちょく》じゃない？　すべり台《だい》みたいにすべっていくわけにもいかなそうだし、危《あぶ》ないんじゃ……」
しかしそれでもやはりショウは、どんっと自《みずか》らの胸《むね》をたたいた。
「大丈夫《だいじょうぶ》っす！　こんなこともあろうかと、みんなのぶんも、このおれっち開発《かいはつ》の

スペシャルマシンをつくっておいたんすよ！」
そう言《い》ってショウは、部屋《へや》から背負《せお》ってきていた四つのリュックを、ぼくたちにそれぞれ手《て》わたす。ショウがそれを部屋《へや》から持《も》ち出《だ》してきた時点《じてん》で、少《すこ》しいやな予感《よかん》はしていたが、まさにそれが的中《てきちゅう》したようだ。
「まずはこれを背負《せお》っていただいてっすね、このレバーをしっかりにぎって……。その穴《あな》に落《お》ちてしばらくすると、ここのメーターの針《はり》が青《あお》から赤《あか》にふれてくるんで、赤《あか》になった

ら、このボタンを押《お》すんす。そしたら、びっくり！　このリュックからバルーンが飛《と》び出《だ》してっすね……」

「要《よう》は単《たん》なるパラシュートってことだろ」

言葉《ことば》担当《たんとう》のサノが、ショウの発明《はつめい》に的確《てきかく》な名前《なまえ》をさずける。言《い》われてショウは、ぽりぽりと頬《ほお》をかき、煮《に》え切《き》らないようすでうなずいた。

「え、あ、うーん、まあ、そうっすね。おれっちは、ドリームライダーⅡ《ツー》って呼《よ》んでるんすけど……」

「なんでⅡ《ツー》なの？」

「Ⅰ《ワン》は、失敗《しっぱい》したんす。Ⅰ《ワン》は自動《じどう》でバルーンが飛《と》び出《で》る仕組《しく》みだったんすけどね、実験《じっけん》で落《お》としてみた米俵《こめだわら》が地面《じめん》にたたきつけられて、中《なか》のお米《こめ》をまき散《ち》らしちゃったんすよ」

答《こた》えを聞《き》いたリョウがおしだまる。ショウは、そんなリョウの心《こころ》のうちを知《し》ってか知《し》らずか、けらりりと笑《わら》った。

「だいじょーぶっすよ！　その失敗《しっぱい》を受《う》けて、Ⅱ《ツー》は手動式《しゅどうしき》に切《き》り替《か》えたんすから。まだおれっちも試《ため》してないっすからね、初試乗《はつしじょう》をプレゼントっす！」

どうだと言《い》わんばかりの調子《ちょうし》で、ぽんぽんとそのパラシュートもどきをたたくショウ。

ぼくは、サノかリョウがやはり歩《ある》いていこうと言《い》い出《だ》すのを待《ま》って、ふたりの口元《くちもと》をながめたけれど、意外《いがい》にも次《つぎ》の行動《こうどう》に出《で》たのはイチだった。

「う……。あ、えと、イチ、い、行《い》くの？」

そんなリョウの引《ひ》きつった声《こえ》の先《さき》では、いつの間《ま》にかしっかりとパラシュートリュックを背負《せお》ったイチが、穴《あな》に左足《ひだりあし》を入《い》れかけている。リョウに呼《よ》ばれると顔《かお》を上《あ》げ、はて、という顔《かお》を浮《う》かべた。なぜ行《い》かないのか、と、さもふしぎそうに問《と》うているような表情《ひょうじょう》だ。

「や、い、いいんだけど、でもね、イチ、急《いそ》がばまわれっていうし、やっぱり、その……」

ショウの手前《てまえ》はっきりと言《い》いづらいのか、リョウは言葉《ことば》をにごす。ところがその時《とき》、明《あか》るくイチの背《せ》を押《お》したのは、意外《いがい》にもサノだった。

「いいじゃないか！　そうしよう。こいつに先《さき》に降《お》りてもらって、こいつが成功《せいこう》したら俺《おれ》らも続《つづ》けばいい。なに、ピンチになっても、イチにはもともと羽《はね》があるんだから大丈夫《だいじょうぶ》だろ」

なるほど、とぼくは納得《なっとく》する。

しかしリョウは、今《いま》にもイチを穴《あな》につき落《お》とそうとしているサノを止《と》めるように、イチの肩《かた》をつかんだ。

「それは、夢《ゆめ》が発動《はつどう》した時《とき》だけでしょ」

「大丈夫《だいじょうぶ》さ。基本的《きほんてき》には、ショウの発明《はつめい》がうまくいくだろう。それともリョウ、君《きみ》はショウの力《ちから》を信《しん》じてないのかい？」

サノがおもしろがるようにリョウの表情《ひょうじょう》をうかがう。

言《い》われてリョウは、目《め》を泳《およ》がせた。

「そうじゃないけど……」

「じゃあ、決《き》まりだ！　な、大丈夫《だいじょうぶ》だよな、イチ」

サノは、これまで見《み》せたこともないような親《した》しげな笑顔《えがお》をイチに投《な》げかけると、ばんばんと乱暴《らんぼう》にイチのせなかをたたいた。すでに両足《りょうあし》を穴《あな》に入《い》れているイチは、それだけでもう落《お》ちてしまいそうだ。しかしイチは、サノのそんな横暴《おうぼう》な力《ちから》にいやな顔《かお》ひとつ見《み》せず、ただにっこりと笑《わら》ってうなずいている。その笑顔《えがお》には、誰《だれ》をも逆《さか》らえなくさせる、ふしぎな力《ちから》があった。

それでとうとうリョウもなにも言《い》えなくなって、それでも不安《ふあん》そうにイチの顔《かお》をのぞきこむと、気《き》をつけてね、となんどもイチに確認《かくにん》した。

そうして止《と》めるものが誰《だれ》もいなくなると、イチは少《すこ》しもためらわずに穴《あな》にすいこまれた。ひゅおっという風《かぜ》の音《おと》がして、あっという間《ま》にイチの姿《すがた》が消《き》える。

「大丈夫《だいじょうぶ》かな」

リョウが、祈《いの》るように両手《りょうて》を組《く》んで穴《あな》の中《なか》をのぞきこむ。穴《あな》は暗《くら》いばかりで、イチの姿《すがた》を映《うつ》し出《だ》しはしない。

「大丈夫《だいじょうぶ》っすよ。この穴《あな》は、落《お》ちると先《さき》が少《すこ》し広《ひろ》くなってるんす。バルーンも大《おお》きくひらくようになるっすから、安心《あんしん》、安心《あんしん》」

ショウは、これまでのどんなやりとりを聞《き》いても、自分《じぶん》の発明《はつめい》への自信《じしん》を失《うしな》わなかったようで、少《すこ》しも心配《しんぱい》したようすを見《み》せない。

しかし、みなでそろって穴《あな》の先《さき》をながめたところで、いつまでたってもイチからの音沙汰《おとさた》はなかった。その事実《じじつ》は、言葉《ことば》にできない恐怖《きょうふ》となって、じりじりと穴《あな》の底《そこ》からぼくらに向《む》かってはい上《あ》がってくる。

「こりゃ、米俵《こめだわら》の二《に》の舞《まい》になったかね」

やがて、サノがけろりとした調子《ちょうし》で肩《かた》をすくめると、リョウがはじかれたように顔《かお》を上《あ》げて、きっ、とサノをにらみつけた。

「馬鹿言《ばかい》わないで」

そして、そのまま大《おお》きく体《からだ》を乗《の》り出《だ》して穴《あな》をのぞきこむと、下《した》に向《む》かってさけぶ。

「大丈夫《だいじょうぶ》ー？　返事《へんじ》してー！」

大《おお》きな黒《くろ》い穴《あな》は、リョウのその澄《す》んだ声《こえ》を、掃除機《そうじき》のようにすいとって、散《ち》り散《ぢ》りにしてしまう。穴《あな》のはしをつかんだリョウの手《て》が、小刻《こきざ》みにふるえた。

しかし、その時《とき》。

ぷおっと少々間《しょうしょうま》のぬけた音《おと》が聞《き》こえたかと思《おも》うと、続《つづ》いて、ブオーっと掃除機《そうじき》が逆流《ぎゃくりゅう》してゴミを吐《は》き散《ち》らかそうとしているかのような大《おお》きな音《おと》が、下《した》から吹《ふ》き上《あ》がってきた。

「よかった！」

青白《あおじろ》かったリョウの顔《かお》に一気《いっき》に色《いろ》がもどる。それは、イチのトランペットの音《おと》にちがいなかった。

「やった！　成功《せいこう》だ！」

そのとなりでショウは、両手《りょうて》を上《あ》げて無責任《むせきにん》によろこんでいる。そして案《あん》の定《じょう》、サノはつまらなそうに、ふんと小《ちい》さく鼻《はな》を鳴《な》らした。そして、まるでさっさと帰《かえ》り支《じ》

度《たく》でもはじめるかのようにその場《ば》をしきる。

「じゃあ、次《つぎ》はリョウに行《い》ってもらおう。その次《つぎ》に公《こう》が行《い》って、最後《さいご》に俺《おれ》が行《い》く」

言《い》うなり、サノはさっきまで背負《せお》おうともしていなかったパラシュートリュックをがっしりと背負《せお》った。かわりに、いつも背負《せお》っている本《ほん》を、胸《むね》の前《まえ》にかかえこむ。

リョウは、はーいと元気《げんき》よく返事《へんじ》をすると、いま一度《いちど》パラシュートのつかい方《かた》をシヨウに確認《かくにん》し、穴《あな》の入《い》り口《ぐち》にすわりこんだ。

「じゃあ、公《こう》くん、下《した》で待《ま》ってるからね」

と、リョウはそれでも少《すこ》し緊張《きんちょう》でこわばった笑顔《えがお》をぼくに向《む》けると、ひょいっと階段《かいだん》の最後《さいご》の段《だん》から飛《と》びおりるように穴《あな》にすいこまれる。その瞬間《しゅんかん》、きゃっとリョウが小《ちい》さくさけんだ気《き》がしたが、その後《ご》しばらくして、下《した》から楽器《がっき》ではない人《ひと》の声《こえ》が響《ひび》いてきた。

「すごーい、ショウ！　大成功《だいせいこう》ー！」

そんなリョウの声《こえ》に、ショウは人《ひと》さし指《ゆび》で鼻《はな》の下《した》をこすり、へへっと笑《え》みをこぼす。

「さあ、次《つぎ》はあんさんの番《ばん》っす」

ますます自信《じしん》をつけたショウは、はりきってぼくが背負《せお》ったパラシュートリュックをチェックする。

穴《あな》の前《まえ》に立《た》つと、ぼくは緊張《きんちょう》で口内《こうない》がからからと、かわいていくのを感《かん》じた。しかし、イチとリョウが行《い》ってしまった手前《てまえ》、もうやめたいと言《い》い出《だ》すこともできない。

いや、あるいはサノとふたりで歩《ある》いていくこともできたかもしれない。しかし、ぼくには、サノとふたりきりで長《なが》い時間《じかん》を過《す》ごす自信《じしん》がなかった。ぼくは、うしろにひかえているサノを横目《よこめ》でちらりと見《み》やる。サノは、いつもの淡々《たんたん》とした表情《ひょうじょう》のまま、ぼくのジャンプを待《ま》っていた。

サノは、ぼくにはわりとやさしいけれど、基本的《きほんてき》には自分以外《じぶんいがい》の者《もの》を馬鹿《ばか》にしていて、人《ひと》を信《しん》じていないように見《み》える。彼《かれ》とふたりきりになるということは、いつ裏切《うらぎ》られるとも知《し》れないいやな感《かん》じと、常《つね》にとなり合《あ》わせになるということ。それは、いやだった。

そこまで考《かんが》えるとぼくは、きちんと両目《りょうめ》をあけて、改《あらた》めて穴《あな》の下《した》を見《み》つめた。ふうっと息《いき》をはいて背筋《せすじ》をのばす。覚悟《かくご》を決《き》めなければならない。ぼくは右手《みぎて》でつかんだレバーをにぎりなおすと、ぎゅっと目《め》をつむって自分《じぶん》の中《なか》のはやる鼓動《こどう》を見《み》つめた。

そして、とくんとくんとくんと速《はや》いペースで音《おと》を立《た》てるその胸《むね》の音《おと》が、ほんの一《いっ》瞬《しゅん》、ゆっくりになったと思《おも》ったその瞬間《しゅんかん》。

ぼくは息《いき》を止《と》めたまま、前《まえ》のめりに穴《あな》の中《なか》に飛《と》びこんだ。

ぐわおーっと、一気《いっき》に体《からだ》が風《かぜ》につつみこまれる。ジェットコースターに乗《の》った時《とき》のように、内臓《ないぞう》がきゅっと上《うえ》に持《も》っていかれるような感覚《かんかく》に体《からだ》を支配《しはい》された。いやだ、こわいと思《おも》ったけれど、もうあともどりはできない。

先《さき》ほどのリョウの声《こえ》の響《ひび》き具合《ぐあい》から考《かんが》えれば、リョウたちのいるところは、そんなにはなれていない。だからそう、そろそろパラシュートをひらかなければ……。

ぼくは、そろりそろりと両目《りょうめ》を片目《かため》ずつあけると、右手《みぎて》のレバーに視線《しせん》を落《お》とした。暗闇《くらやみ》の中《なか》でかすかに発光《はっこう》しているその青《あお》と赤《あか》の光《ひかり》の中心《ちゅうしん》で、針《はり》はすでに赤《あか》の領域《りょういき》に

入《はい》りこもうとしている。ぼくは、さけび出《だ》したいと暴《あば》れている自分《じぶん》の心臓《しんぞう》をなんとか押《お》さえつけて、親指《おやゆび》でレバーのボタンを押《お》そうとした。

しかし。

ジジッと聞《き》き覚《おぼ》えのある、いやな音《おと》がしたのはその時《とき》だった。

視界《しかい》のはしに青《あお》い光《ひかり》が走《はし》ったかと思《おも》うと、ぼくはとたん、パニックにおちいった。

ボタンを押《お》しても、せなかのパラシュートがひらかないのだ。がしがしと、ぼくはなんども乱暴《らんぼう》に親指《おやゆび》でボタンを押《お》しこむ。しかし、いくら押《お》しても、それはカシャカシャと軽《かる》い音《おと》を立《た》てるだけで、それ以上《いじょう》のものを返《かえ》してはくれなかった。

押《お》さなきゃ。

押《お》しているのに。

ひらいて！

心《こころ》のさけびを無視《むし》して、ぼくの体《からだ》は闇《やみ》の中《なか》を高速《こうそく》で落下《らっか》していく。心《こころ》なしか、落《お》ちるスピードがどんどんと速《はや》まっているように感《かん》じられた。風《かぜ》で、顔《かお》の肉《にく》が上《うえ》に引《ひ》っぱられる。服《ふく》は、はためくことすらできずに、ただちぎれまいと必死《ひっし》に体《からだ》にへばりついている。

どうしよう、どうしよう。

落《お》ちてる。落《お》ちてる！

「公《こう》くん！」

と、その時《とき》、闇《やみ》の向《む》こうから、かすかにリョウの声《こえ》が聞《き》こえた。ぼくは、はっと閉《と》じかけていた目《め》をあけて、その声《こえ》の主《ぬし》を探《さが》す。けれど、一度目《どめ》を閉《と》じかけてしまったせいか、ぼくの体《からだ》からは、方向感覚《ほうこうかんかく》というものがすべてぬけ落《お》ちていて、前後左右《ぜんごさゆう》の感覚《かんかく》がなかった。気《き》をぬけば、上下《じょうげ》すらわからなくなってしまいそうだ。どちらにしろ、まわりには、ただただ暗《くら》い闇《やみ》が広《ひろ》がっているばかり。

しかし、その暗闇《くらやみ》の中《なか》で声《こえ》だけが、一筋《ひとすじ》の光《ひかり》となってぼくの耳《みみ》に届《とど》く。

「公《こう》くん、気《き》づいて！　これは夢《ゆめ》！」

夢《ゆめ》？

ぼくは風《かぜ》の力《ちから》で少《すこ》しも動《うご》かすことのできない首《くび》を、心《こころ》の中《なか》でかしげた。そう言《い》われても、ぼくの体《からだ》は着実《ちゃくじつ》に落下《らっか》している。

落《お》ちている。落《お》ちている。

落《お》ち、終《お》わらない。

それに気《き》がついた時《とき》、ぼくははっと目《め》を見《み》ひらいた。風《かぜ》が瞳《ひとみ》にぶつかってきて痛《いた》い。けれど、それはリョウの言《い》うとおり、きっとまやかしだ。先《さき》ほどリョウの声《こえ》は、あんなにも近《ちか》くから聞《き》こえたというのに、こんなにも長《なが》い間《あいだ》、落《お》ち終《お》わらないなんておかしすぎる。

そうか、これは夢《ゆめ》なのか。

「公《こう》くん、お願《ねが》い！　戦《たたか》って！」

どちらの方向《ほうこう》からかわからないけれど、リョウの必死《ひっし》な声《こえ》がぼくを目《め》がけて飛《と》んでくる。

しかし、夢《ゆめ》とわかったところで、戦《たたか》ってと言《い》われたところで、ぼくにはそのすべがない。先《さき》ほどの巨大《きょだい》ライオンのように、たおす相手《あいて》がいるならまだしも、ぼくのまわりには、なにもないのだ。どちらを向《む》いても同《おな》じ。なにも、わからない。

そうか。

それで、ぼくはひらめいた。方向《ほうこう》を感《かん》じられないのであれば、彼《かれ》の力《ちから》を借《か》りればいい。確《たし》か、彼《かれ》は方向感覚《ほうこうかんかく》に優《すぐ》れていたはずだ。

ぼくはその考《かんが》えにすがるようにがむしゃらに左手《ひだりて》をのばすと、とにかくその手《て》がどこかの壁《かべ》にふれるようにと願《ねが》った。一瞬《いっしゅん》でもいい、どこかの根《ね》に触《ふ》れてくれれば。

そう願《ねが》いながら、ぼくは例《れい》のルールを思《おも》い出《だ》して、あの歌《うた》を歌《うた》った。

「らーら、らーら、らーらーらー、らーら、らーらーらー」

あいかわらず高速《こうそく》でぼくのまわりをとりかこんでいる風《かぜ》に負《ま》けないように、ぼくは、とにかく大声《おおごえ》できらきら星《ぼし》を歌《うた》い続《つづ》ける。

どこでもいい、左手《ひだりて》が根《ね》にふれてくれれば、きっと。

そして、その願《ねが》いは、ぼくの人《ひと》さし指《ゆび》と中指《なかゆび》の先《さき》によって、そっとかなえられた。

ぼくの指先《ゆびさき》がこつりと壁《かべ》にあたったその瞬間《しゅんかん》、ふぁさっとそれまでとちがった質《しつ》の風《かぜ》の音《おと》がしたかと思《おも》うと、ぼくの体《からだ》は誰《だれ》かにがっしりとつかまれたのだ。急《きゅう》につかまれて、がくっとのけぞった体《からだ》は、その腕《うで》の中《なか》で、やっと落《お》ちることをやめる。

まわりは暗闇《くらやみ》のままで、その色《いろ》を確認《かくにん》することはできなかったけれど、それが誰《だれ》なのかは明《あき》らかだった。

ぼくはほっと息《いき》をつくと、その腕《うで》の中《なか》で今度《こんど》は、右手《みぎて》をのばす。レバーは、もうこうなったからには役《やく》に立《た》たなそうなので宙《ちゅう》に投《な》げすてておいた。今度《こんど》は、すぐに壁《かべ》に手《て》をつくことができる。ぼくを支《ささ》えて飛《と》んでいる彼《かれ》が、意図《いと》をくんでくれたのだろう。それでぼくは落《お》ちついて、計算《けいさん》をはじめた。

1000引《ひ》く1は、999。

999引《ひ》く2は、997。

997引《ひ》く3は……。

集中《しゅうちゅう》できるようにと、ぼくは瞳《ひとみ》を閉《と》じる。目《め》を閉《と》じても開《あ》けても目《め》の前《まえ》はまっくらだったけれど、彼《かれ》に支《ささ》えられている今《いま》、その闇《やみ》から恐怖《きょうふ》はあまり感《かん》じられなかった。

そして、期待《きたい》どおりに、今度《こんど》はまたちがう人物《じんぶつ》が、言葉《ことば》とともに降《ふ》ってくる。

「まかせとけって……！」

そんな声《こえ》とともに、ぼくのすぐとなりの空間《くうかん》でバサリと大《おお》きな音《おと》がした。

見《み》れば暗闇《くらやみ》が、まるでカーテンをひらいた時《とき》のごとく、まっぷたつに分《わ》かれている。

誰《だれ》かが剣先《けんさき》で闇《やみ》を斬《き》りさいたようだ。

斬《き》りさかれた闇《やみ》は、パサリ、パサリと急《きゅう》に力《ちから》を失《うしな》ったようにまくれ、ボロボロと光《ひかり》の中《なか》へ散《ち》っていく。そして、ジジッと電磁波《でんじは》の音《おと》が鳴《な》ったかと思《おも》うと、闇《やみ》はシュンと、音《おと》になりきれない音《おと》を立《た》てて完全《かんぜん》に消《き》え去《さ》った。

ぼくは、光《ひかり》のまぶしさに二度《ど》三度《ど》、まばたきをする。そして、次《つぎ》に目《め》をあけた時《とき》、視界《しかい》のはしにちらりと、あざやかな色彩《しきさい》の翼《つばさ》を見《み》つけた。まるで、闇《やみ》につまっていた色《いろ》が一気《いっき》に解放《かいほう》されたかのようなはなやかさだ。それで、ぼくは顔《かお》を上《あ》げる。

そこでは、虹色《にじいろ》のちょんまげをぴょんぴょんとゆらしながら羽《は》ばたいているイチが、ぼくに向《む》かって笑顔《えがお》を落《お》としていた。イチは、ぼくをきっちりと両腕《りょうで》でかかえている。

「公《こう》くーん！」

と、下《した》からリョウの声《こえ》がする。

その声《こえ》のほうに目《め》をやると、地面《じめん》はもうすぐ近《ちか》くまで来《き》ていた。リョウが、両手《りょうて》をのばして、ぼくに手《て》をふっている。そして、そのとなりでは、せなかからパラシュートリュックを下《お》ろし終《お》えたサノが、身《み》なりを整《ととの》えていた。

イチは、ぼくをかかえたままゆっくりと下降《かこう》し、ぼくの足《あし》が地《ち》につくと同時《どうじ》に、翼《つばさ》をせなかの中《なか》にするりとしまいこむ。

すると図《はか》ったようなタイミングで、

「今《いま》のは、おれっちのせいじゃないっすからねー！」

と、上《うえ》から声《こえ》が降《ふ》ってきた。どうやら、ショウがせいいっぱいの主張《しゅちょう》をしたようだ。

「はてさて、公《こう》のパラシュートがひらかなかったのは、あいつのせいか夢《ゆめ》のせいか」

サノが自分《じぶん》の肩《かた》に手《て》をやり、肩《かた》のこりをとるように首《くび》をまわしながらくすすと笑《わら》

う。

「それにしても、絶妙《ぜつみょう》なタイミングで夢《ゆめ》が飛《と》んできたものね。びっくりしちゃった」

リョウがそう言《い》うと、サノは首《くび》をふって、

「なに、公《こう》はみんなとつながってるんだ。落《お》ちる時《とき》に公《こう》が感《かん》じた恐怖《きょうふ》に、モモが敏《びん》感《かん》に反応《はんのう》して、ミキたちに夢《ゆめ》を発動《はつどう》させるように仕向《しむ》けたんだろう。まったく、はた迷惑《めいわく》な……」

と、サノがそう言《い》いかけた時《とき》、空間《くうかん》をつんざくような激《はげ》しい泣《な》き声《ごえ》が、あたりに響《ひび》きわたった。

今度《こんど》はライオンの声《こえ》でも風《かぜ》の音《おと》でもない。赤《あか》ん坊《ぼう》が泣《な》きさけぶような、容赦《ようしゃ》のない人間《にんげん》の泣《な》き声《ごえ》が、ぼくらをとりかこむ。ぼくは思《おも》わず、耳《みみ》に手《て》をやった。

ぼくの前《まえ》ではサノが、例《れい》によって盛大《せいだい》に顔《かお》をしかめている。

「うわさをすれば、だね」

そしてサノは、ぼくに向《む》かって笑《わら》いかけると、床《ゆか》においてあった辞典《じてん》をひょいと持《も》ち上《あ》げて歩《ある》き出《だ》した。

「行《い》こう。あれが、モモだ」

第四章　コンプレックスコンプ

泣《な》き声《ごえ》にみちびかれるようにその音源《おんげん》をたどると、先《さき》ほどのショウの部屋《へや》と同《おな》じように、木《き》の根《ね》がドーム状《じょう》に広《ひろ》がったひとつの空間《くうかん》にたどりついた。

ただ、ショウの部屋《へや》とはずいぶんとようすがちがう。かたち自体《じたい》は似《に》ているものの、ショウの部屋《へや》とはちがい、壁一面《かべいちめん》に、ふしぎなかたちの本棚《ほんだな》が続《つづ》いている。ヤギの角《つの》のような、タツノオトシゴのようなかたちをした大《おお》きな本棚《ほんだな》が、左右対称《さゆうたいしょう》に壁《かべ》にそってひとつずつそなえつけられており、中《なか》にはぎっしりと書類《しょるい》がつめこまれているのだ。

それに加《くわ》え、まんなかのスペースには、小《ちい》さな球体《きゅうたい》の部屋《へや》がふたつ、ころころと

転《ころ》がっている。その姿《すがた》はまるで、おもちゃのカプセルのようだ。そして、そんなふしぎな空間《くうかん》には、ふたりの新《あら》たな人間《にんげん》がいた。

ひとりは、とても小《ちい》さな少年《しょうねん》だった。透明《とうめい》のカプセル部屋《べや》の中《なか》で、たくさんのクッションにかこまれ、大《おお》きなまくらをかかえてビービーと泣《な》いている。カプセルの壁《かべ》や天井《てんじょう》には、テレビ画面《がめん》のようなものがいくつも映《うつ》し出《だ》されており、そこにそれぞれちがうドラマのような映像《えいぞう》が流《なが》れているせいで、カプセル自体《じたい》がチカチカして見《み》えた。

そして、もうひとりの新《あたら》しい人物《じんぶつ》は、青年《せいねん》だった。こりかたまったようなしかめ面《つら》を顔《かお》にはりつけて、部屋《へや》の奥《おく》の中央《ちゅうおう》、本棚《ほんだな》にはさまれた場所《ばしょ》にそなえつけられた大《おお》きな机《つくえ》で、その机《つくえ》の上《うえ》からくずれ落《お》ちそうになっている膨大《ぼうだい》な量《りょう》の書類《しょるい》をせっせと仕分《しわ》けている。書類《しょるい》の山《やま》でよく見《み》えないが、太《ふと》い黒縁眼鏡《くろぶちめがね》をかけた彼《かれ》は、サノやイチと同《おな》じくらいの年《とし》のころに見《み》えた。

「どっちがモモで、どっちがカイかは説明《せつめい》するまでもないね」

対照的《たいしょうてき》なふたりの姿《すがた》を見《み》てきょとんとしているぼくに、サノは笑《わら》って言《い》う。ぼくは、こくりとうなずいた。そんなぼくらのとなりを、リョウが駆《か》けぬけていく。

「モモ！　どうしたの」

スライディングするように、モモのすわるクッションの山《やま》の中《なか》に飛《と》びこんだリョウは、そのままモモを抱《だ》きしめる。すると、モモはぎゅっとリョウに抱《だ》きついて、

「ひどいよー。こわいよー。やだー、やだー」

と、まるで駄々《だだ》をこねる幼稚園児《ようちえんじ》のように泣《な》きさけんだ。リョウは、そんなモモのせなかをよしよしとなでながら、ちらりとカプセルの映像《えいぞう》を見《み》やる。そして、ため息《いき》をつくと、

「事故《じこ》の時《とき》のこと、思《おも》い出《だ》してたのね」

と、悲《かな》しそうにモモの頭《あたま》をなでた。しかし、何度《なんど》かモモのやわらかそうなミルクティー色《いろ》の髪《かみ》をなでると、モモをべりっと自分《じぶん》の体《からだ》から引《ひ》きはがし、その涙《なみだ》でぐしゃぐしゃになった顔《かお》をじっと見《み》つめる。

「ほら、モモ。モモがしっかりしないと、みんなこまるでしょう。いつまでも泣《な》いてたってしかたないじゃない。みんな来《き》てくれたんだから、悲《かな》しいもこわいもおしまい」

リョウにそう言《い》い聞《き》かされてなお、モモはしばらくぐずっていたが、やがて泣《な》き声《ごえ》は、テレビの音量《おんりょう》をリモコンで小《ちい》さくした時《とき》のようにすーっと引《ひ》いていき、最後《さいご》はすんすんという鼻《はな》をすする音《おと》におさまった。しかし、そんなモモのもとへ、サノが大《おお》またで乱暴《らんぼう》に歩《あゆ》みよる。

「こら、モモ。おまえ、この緊急事態《きんきゅうじたい》に、さっき、俺《おれ》らに向《む》かって二回《かい》もやっかいな夢《ゆめ》をぶん投《な》げてきたろ。こっちも忙《いそが》しいんだから、内容《ないよう》をわきまえろ、内容《ないよう》を」

サノの乱暴《らんぼう》な物言《ものい》いに、せっかく泣《な》きやんだモモの顔《かお》がぐにゃりとゆがむ。長《なが》くのびた前髪《まえがみ》でも隠《かく》しきれていないモモのアーモンド形《がた》の大《おお》きな瞳《ひとみ》は、顔《かお》の中《なか》でよく目《め》立《だ》った。その瞳《ひとみ》がまた涙《なみだ》でじわじわとぬれていく。しかし、サノはそんなモモの泣《な》き顔《がお》を受《う》けとめることすらせず、今度《こんど》はその怒《いか》りをもうひとりのほうにぶつけた。

「カイ、おまえも。おまえがついていながら、こんな時《とき》にあんな夢《ゆめ》を送《おく》ってくるなんてどういうことだよ」

呼《よ》びかけられたカイという青年《せいねん》は、呼《よ》ばれてなお、しばらく書類《しょるい》から顔《かお》を上《あ》げなかった。しかし、やがて視線《しせん》を書類《しょるい》に落《お》としたまま、サノよりも乱暴《らんぼう》な調子《ちょうし》で返事《へんじ》をする。

「知《し》らねぇよ。こっちは、事故《じこ》で書庫《しょこ》がやられて記憶《きおく》の再整理《さいせいり》に追《お》われっぱなしだ。そいつの世話《せわ》してる暇《ひま》なんざねぇっての」

「それこそ、こっちの知《し》った話《はなし》じゃないさ。だいたい、ずいぶん前《まえ》に連絡《れんらく》したんだぞ。おまえらふたりとも無事《ぶじ》じゃないか。連絡《れんらく》くらいよこせよ」

「ああ、そういや、来《き》てたな。このクソ忙《いそが》しい時《とき》に手《て》なんかはなせるかってんで、無視《むし》してやった」

「なんだと」

「まあまあ、ふたりとも、落《お》ちついて……」

少《すこ》しも顔《かお》を上《あ》げようとしないカイと、そんなカイをにらみつけるサノの間《あいだ》に立《た》って、リョウがふたりを制《せい》する。モモは、イチが引《ひ》きついで、今《いま》はなんとか泣《な》きやんでいた。

　すると、カイがようやく書類《しょるい》からチラリと目《め》を上《あ》げて、部屋《へや》にいる人数《にんずう》を確認《かくにん》するように、ぼくらそれぞれに視線《しせん》を走《はし》らせた。

「それで、そろいもそろって、なにしに来《き》たんだ。おまえらのぶんの記憶《きおく》なら、いつもの箱《はこ》の中《なか》だ。さっさと持《も》ってってくれ。ちっとも片《かた》づきやしない」

　そう言《い》ってカイは、目《め》の前《まえ》の紙束《かみたば》をかかえ起《お》こし、とんとんとはしを机《つくえ》の上《うえ》でそろえると大《おお》きなダブルクリップでとめる。そして、青《あお》のふせんを手《て》にとると、それに「酷」「怖」「嫌」とペンで大《おお》きく書《か》いて丸《まる》でかこみ、ぺたりと書類《しょるい》にはりつけた。

「まあまあ、そう言《い》わないで。手伝《てつだ》うから。それより、見《み》て。公《こう》くんをつれてきたの」

　リョウは、カイをなるべく刺激《しげき》しないようにと心《こころ》がけているのか、いつもよりもさらにやわらかい声《こえ》を出《だ》す。カイの視線《しせん》がさっとぼくに向《む》けられた。眼鏡《めがね》の向《む》こうでは、無表情《むひょうじょう》な瞳《ひとみ》の上《うえ》に重《おも》たそうなまぶたが乗《の》っている。うんざりという表現《ひょうげん》がよく似合《にあ》う表情《ひょうじょう》をしたカイは、ぼくをしばらく見《み》つめると、急《きゅう》に力《ちから》がぬけたように、すわっていたいすの背《せ》もたれに上半身《じょうはんしん》を投《な》げ出《だ》した。

「あー、もう、おまえにわたす記憶《きおく》なんざ、まだまとまっちゃいねーよ」

そしてカイは、まるで息絶《いきた》えたかのように、そのままの姿勢《しせい》でだらりと動《うご》かなくなる。今《いま》にも気《き》を失《うしな》いそうだ。

リョウは、カイのうしろにまわりこんでカイの肩《かた》をもむ。

「だから、手伝《てつだ》うから……」

そしてぼくと目《め》が合《あ》うと、リョウは照《て》れ笑《わら》いを浮《う》かべた。

「この人《ひと》はカイ。必殺記憶《ひっさつきおく》の整理人《せいりにん》よ。わたしたちがあつかう記憶《きおく》は、まずカイのところに集《あつ》められて、それからそれぞれの担当《たんとう》のところへ分類《ぶんるい》されるの。ね、カイ」

リョウは、カイのご機嫌《きげん》をうかがうように、彼《かれ》の両肩《りょうかた》をぽんぽんとたたく。しかし、呼《よ》びかけられたカイのほうは、リョウをはねのけるようにして起《お》き上《あ》がった。

「なんなんだ、人《ひと》が忙《いそが》しい時《とき》に。見学《けんがく》ツアーならあとにしてくれ。意識《いしき》がもどって新《あたら》しい情報《じょうほう》が入《はい》ってくる前《まえ》に、とっとと整理《せいり》しないと、この部屋《へや》の記憶《きおく》はふっとぶぞ。

わかったら、さっさと記憶《きおく》を持《も》って出《で》ていけ」

カイの思《おも》いやりのない言葉《ことば》づかいに、リョウはしゅんと耳《みみ》のたれた犬《いぬ》のような顔《かお》をしてカイから一歩《ぽ》引《ひ》きさがる。

しかしぼくは、そんなリョウを心配《しんぱい》するよりも先《さき》にまず、首《くび》をかしげてしまった。

意識《いしき》がもどる？　なんのことだろう。

しかしこの場《ば》において、そんなぼくの無言《むごん》の中《なか》にしまいこまれた疑問《ぎもん》は、もちろん重要視《じゅうようし》されることはなく、サノはリョウを、カイからそっと引《ひ》きはがすと、いつものようにあっけらかんとした調子《ちょうし》で言《い》った。

「まあまあ、ミキたちに連絡《れんらく》して、しばらく起《お》きないでいるよう調整《ちょうせい》してもらえばいいじゃないか。あせったところで、いい結果《けっか》は生《う》まれないよ」

「起《お》きる？　やだよ」

と、サノがカイをなだめたところで、今度《こんど》はそんなむっとした声《こえ》が飛《と》んでくる。

ふりむくと、イチと手《て》をつないだモモが、まくらを抱《だ》きながら立《た》っていた。クリーム色《いろ》の上下《じょうげ》のパジャマとぶかぶかのスリッパ。イチとならんで立《た》つと、ふたりは年《とし》のはなれた兄弟《きょうだい》のようだ。

いや、それよりも、まただ。

起《お》きる？

そういえばさっき、ショウの部屋《へや》でもサノがそんなことを言《い》っていた気《き》がする。それは先《さき》ほどカイが口《くち》にした、「意識《いしき》がもどる」と同《おな》じことなのだろうか。となれば、それは誰《だれ》のことなのだろう。誰《だれ》が起《お》きて、誰《だれ》の意識《いしき》がもどるのか。それとも、人《ひと》とは関係《かんけい》のない、彼《かれ》らだけの専門用語《せんもんようご》だろうか。

先《さき》ほどからただぼうっと立《た》ちつくして、みんなの言葉《ことば》のラリーを見守《みまも》ることしかできないぼくはただ、自分《じぶん》の中《なか》にぽつぽつと疑問《ぎもん》を落《お》としていく。

その横《よこ》でサノはため息《いき》をついた。

「そんなわがまま言《い》わないでくれよ。こっちが必死《ひっし》に立《た》てなおそうとしてるって時《とき》に」

しかし、モモはぶんぶんと首《くび》をふる。

「やだよ。サノたちだって、いやでしょ。ぼくはもう、『なさけない』と『くやしい』と『悲《かな》しい』と『寂《さび》しい』に押《お》しつぶされるのはまっぴらだ。こんなことが続《つづ》くなら、もう二度《にど》と、起《お》きたくなんてない」

「そんな……。モモ、もう少《すこ》しがんばっても……」

しずんだ目《め》をしたモモにとまどいながら、リョウがか細《ぼそ》い声《こえ》を出《だ》す。するとモモは、イチの手《て》をはなし、さっと自分《じぶん》のパジャマのすそをまくった。あらわになったその姿《すがた》に、リョウは息《いき》をのむ。

「がんばったよ」

短《みじか》くそう告《つ》げたモモの声《こえ》には重《おも》みがあり、それは、その場《ば》かぎりで笑《わら》い飛《と》ばせるようなものでは決《けっ》してなかった。

リョウの視線《しせん》の先《さき》、モモのおなかには、いくつもの大《おお》きな青《あお》あざがあった。重《かさ》なっ

て、紫色《むらさきいろ》になっているところもある。肉《にく》のないやせたその体《からだ》からは、肋骨《ろっこつ》が何本《なんぼん》も浮《う》き出《で》ていた。

モモは続《つづ》ける。

「がんばったし、今《いま》だってぼくは、ぼくという存在《そんざい》に誇《ほこ》りを持《も》つことをやめていない。だからこそ、言《い》っているんだ。このままぼくが、きみたちと同《おな》じように仕事《しごと》を続《つづ》ければ、ぼくは死《し》んでしまう。そうなれば、ぼくたちはみんな、感情《かんじょう》を失《うしな》うんだ。感情《かんじょう》がなければ、カイの記憶機能《きおくきのう》も衰《おとろ》え、きみたちも今《いま》のような活躍《かつやく》はできなくなる。感情《かんじょう》を失《うしな》えば、ぼくらは、じわじわとかたまっていくだけだよ」

感情《かんじょう》？　なんの話《はなし》だろう。

また、新《あたら》しい言葉《ことば》だ。

モモは続《つづ》けた。

「そうなるくらいなら、ぼくはもう起《お》きたくない。ここで、みんなと思《おも》い出《で》だけをかかえて生《い》きていきたい。だからそいつだって、ぼくたちの中《なか》で目覚《めざ》めたんだろ」

幼《おさな》い見《み》た目《め》に反《はん》して、大人《おとな》びた口調《くちょう》で語《かた》り続《つづ》けるモモの瞳《ひとみ》が、急《きゅう》にぼくをとらえる。

先《さき》ほどから、モモはいったい、なんの話《はなし》をしているのだろう。

ぼくがみんなの顔色《かおいろ》をうかがうと、誰《だれ》もがモモの言葉《ことば》を受《う》けて傷《きず》ついたように視線《しせん》を下《さ》げて、うなだれている。

それでぼくは、自分《じぶん》で言葉《ことば》をつくるしかなくなって、しかたなく、かわいた唇《くちびる》をしめらせた。

「あ、あの、ごめん。さっきから、ぼく、全然話《ぜんぜんはなし》がわからないんだ。起《お》きるってなんのこと？　ぼくはただここにまよいこんだだけのふつうの人間《にんげん》で、すぐに帰《かえ》れるって聞《き》いたんだけど……」

声《こえ》が少《すこ》しふるえてしまう。いくら記憶《きおく》がないとはいえ、ぼくにもだんだんと察《さっ》しがついてきた。どうやらやはり事態《じたい》は、サノとリョウがぼくに説明《せつめい》したものよりも、ずっとややこしいものであるにちがいない。つまり、サノとリョウは、やはりぼくになにかを隠《かく》している。

でもじゃあ今《いま》、ぼくの味方《みかた》は誰《だれ》で、ぼくはなにを信《しん》じればいいのだろう。

するとモモは、たくし上《あ》げていたパジャマをそっと元《もと》の位置《いち》にもどして、弱々《よわよわ》しく頭《あたま》をふった。

「いいんだ、きみは思《おも》い出《だ》さなくて。きみとぼくのつくりは、よく似《に》ている。悲《かな》しいとかつらいとか、負《ふ》の感情《かんじょう》におそわれると、体中《からだじゅう》が、なぐられたような痛《いた》みでいっぱいになるんだ。せっかく、ここに逃《に》げてきたきみを、またそんな逃《に》げ場《ば》のない苦《くる》しみの中《なか》につき落《お》とすなんて、ぼくにはできないよ」

モモはまるで、今《いま》、目《め》の前《まえ》にその苦《くる》しみの谷《たに》というものを見《み》ているかのように、暗《くら》い目《め》をしている。

ぼくはとまどった。

ぼくには苦《くる》しかった記憶《きおく》も、逃《に》げてきた記憶《きおく》もないわけだけれど、ぼくがこの迷《めい》宮《きゅう》をぬけてとりもどそうとしている記憶《きおく》は、人《ひと》にこんな表情《ひょうじょう》をさせてしまうものなのだろうか。

「逃《に》げてきた？　俺《おれ》はそうは思《おも》わないね」

と、しずみかけていた場《ば》の空気《くうき》を、ろうそくの火《ひ》を吹《ふ》き消《け》すようにさっと消《け》し去《さ》ったのは、いつものひょうひょうとした表情《ひょうじょう》をしたサノだ。

「公《こう》がこちらの世界《せかい》で目覚《めざ》めたのは、ある意味《いみ》、チャンスだ。俺《おれ》たちが俺《おれ》たちを立《た》てなおすためのね。変化《へんか》はチャンス。これまでできなかったことが、今《いま》ならできるにちがいない」

するとモモのおびただしい数《かず》のあざに、人一倍青《ひといちばいあお》ざめていたリョウも、おそるおそる口《くち》をひらいた。

「確《たし》かに……。わたしたちは本来《ほんらい》、ここにいるべきではない公《こう》くんを元《もと》の場所《ばしょ》へつれていこうと、今《いま》、こうして歩《ある》いてる。いつもなら、自分《じぶん》の仕事《しごと》でいっぱいいっぱいで、それこそ、モモの話《はなし》をゆっくり聞《き》くこともできないでいたけど、こんなことになったおかげで、わたしたちは、いつもとちがう行動《こうどう》をすることになった。そう……。だから、今《いま》からみんなでちゃんと準備《じゅんび》をしたら、これまでとはちがうわたしたちになれるかもしれない。そしたら、もうつらくないかも」

しかし、そんなサノとリョウの言葉《ことば》に、モモの顔《かお》は、見《み》る見《み》る赤《あか》くなっていく。

「そんなの、言《い》いわけだ！　おまえらは、痛《いた》くないからそんなこと言《い》えるんだ！　自《じ》分《ぶん》の好《す》きなことをして、楽《たの》しく活躍《かつやく》して、そういうこれまでの生活《せいかつ》を失《うしな》いたくないから、都合《つごう》のいいことを言《い》えるんだろ」

モモは、ガンガンと足《あし》で床《ゆか》を蹴《け》る。

すると、モモの下《した》の木《き》の根《ね》が、その動《うご》きに反応《はんのう》するように光《ひか》った。目《め》が、チカチカする。心《こころ》なしか、胃《い》の奥《おく》から気《き》持《も》ち悪《わる》さがこみあげてきた。

「勝手《かって》なことを言《い》わないでくれ」

と、そんな中《なか》サノは、暴《あば》れはじめたモモを軽蔑《けいべつ》するように、冷静《れいせい》な口調《くちょう》をくずさない。

「君《きみ》は、自分《じぶん》の苦労《くろう》に酔《よ》って、俺《おれ》たちがなんの苦《くる》しみもなく生《い》きているように言《い》うけれどね、俺《おれ》は俺《おれ》で俺《おれ》の苦《くる》しみを乗《の》りこえて、日々《ひび》を生《い》きている。例《たと》えば、君《きみ》が乱暴《らんぼう》に投《な》げ出《だ》した針《はり》のようにするどくとがった感情《かんじょう》を、丁寧《ていねい》に言葉《ことば》でコーティングすることで誰《だれ》も傷《きず》つけることなく外《そと》の世界《せかい》に逃《に》がしたり、爆弾《ばくだん》みたいな感情《かんじょう》を、理性《りせい》で細《こま》かく分解《ぶんかい》することで爆発《ばくはつ》させずに処理《しょり》したり、そういう仕事《しごと》はとても神経《しんけい》をけずる。ガハハと笑《わら》いながら、片手間《かたてま》にできるような作業《さぎょう》じゃないんだ」

感情《かんじょう》を、外《そと》の世界《せかい》に逃《に》がす？　ぼくの住《す》む元《もと》の世界《せかい》にということだろうか。

ぼくはちらりとサノの右手《みぎて》を見《み》やる。繊細《せんさい》で細《ほそ》い人《ひと》さし指《ゆび》が、いらだったように、とんとんと小刻《こきざ》みに、サノの右《みぎ》もものまんなかあたりをたたいていた。

「君《きみ》は、まるで痛《いた》みを受《う》けていない俺《おれ》らが悪《わる》いような言《い》い方《かた》をするけどね、痛《いた》みを受《う》けるだけ受《う》けて我慢《がまん》することがそんなにえらいのかい？　俺《おれ》は、その痛《いた》みを少《すこ》しでも軽減《けいげん》しようと戦《たたか》う姿勢《しせい》に、正義《せいぎ》を感《かん》じるけどね」

サノのその攻撃的《こうげきてき》な口調《くちょう》に、モモは、顔《かお》を赤《あか》どころか青紫色《あおむらさきいろ》にしてふるえている。その色《いろ》は、まるで彼《かれ》が、そのおなかにかかえているあざの色《いろ》のようだった。

「だって、できないんだ」

モモの声《こえ》が、嵐《あらし》の日《ひ》に大《おお》きくゆれる湖《みずうみ》の水面《みなも》のように荒立《あらだ》つ。なにか大《おお》きなものにおびえて、ふるえているようでもあった。

「ぼくの両目《りょうめ》は、涙《なみだ》を流《なが》しながら誰《だれ》かをにらみつけることはできないし、ぼくの両《りょう》手《て》は、自分《じぶん》をかばいながら誰《だれ》かを追《お》いはらうこともできない。ぼくの両足《りょうあし》は、逃《に》げながら立《た》ち向《む》かうなんて器用《きよう》なこと、できやしないんだ。そうだね、きみのような器《き》用《よう》な人間《にんげん》にならできるかもしれない。でも、ぼくはきみじゃなくて、ぼくは、ぼくが今《いま》までしてきたことしかできなかった」

モモの大《おお》きな瞳《ひとみ》のぎりぎりで止《と》まってふるえるその涙《なみだ》のつぶは、今《いま》にもあふれ出《だ》しそうで、目《め》のはしに、必死《ひっし》にしがみついているように見《み》える。そして、

「それを、否定《ひてい》しないでほしい」

そうモモが口《くち》にした瞬間《しゅんかん》、涙《なみだ》は力《ちから》つきたように、すっとその赤《あか》らんだ頬《ほお》をすべっていった。

サノは、あきれたように首《くび》をふる。まるで、自分《じぶん》にできることが、どうして他人《たにん》にできないのか、ちっともわからないといったように、心《こころ》のこもっていないしぐさで

首《くび》をふった。

「だったら、はじめから俺《おれ》らにそう言《い》えばよかったんだ。できないことは、できない。そう言《い》って、はじめから問題《もんだい》を小分《こわ》けにして俺《おれ》らにばらまいてくれていれば、そもそもこんなことにはならなかったかもしれないのに」

サノの視線《しせん》に、モモを責《せ》めるような冷《つめ》たいものがまじる。モモは、しばらくその視《し》線《せん》をだまって受《う》けとめていたが、やがてその視線《しせん》に耐《た》えられなくなったように、すっと瞳《ひとみ》をふせた。モモが抱《だ》いていたまくらがぽとりと床《ゆか》に落《お》ちる。同時《どうじ》に、モモの口《くち》からも言葉《ことば》がこぼれ落《お》ちた。

「じゃあ、やってみせてよ」

ぽんっと、床《ゆか》に落《お》ちてはね上《あ》がるスーパーボールのような声《こえ》だった。そのはねた声《こえ》が宙《ちゅう》に描《えが》いた軌跡《きせき》を、誰《だれ》もがしばしぼんやりとながめる。

しかし、少《すこ》しの間《ま》をおいて、モモがもう一度《いちど》その言葉《ことば》を、先《さき》ほどよりも強《つよ》い調子《ちょうし》であたりに投《な》げ散《ち》らかすと、空気《くうき》があわてたようにふるえた。

「じゃあ、戦《たたか》ってみせてよ。勝《か》ってみせてよ。ぼくにできなかったことが、みんなにできるっていうなら、やってみせてよ」

そう言《い》うなりモモは、近《ちか》くの本棚《ほんだな》に駆《か》けより、そこにならんだ大量《たいりょう》の書類《しょるい》を、片《かた》っぱしから取《と》り出《だ》しては床《ゆか》に投《な》げすてた。木《き》の根《ね》の床《ゆか》は、その書類《しょるい》に反応《はんのう》して、赤《あか》や青《あお》、黄色《きいろ》などさまざまな色《いろ》に点滅《てんめつ》する。部屋《へや》の色彩《しきさい》が、急《きゅう》にさわがしくなった。

「モモ、落《お》ちついて！」

さけんだリョウが、モモに向《む》かって走《はし》り出《だ》した時《とき》にはもう遅《おそ》かった。

ジジッと例《れい》の音《おと》が聞《き》こえたかと思《おも》うと、ぼくたちのまわりから、シューシューと白《しろ》い煙《けむり》のようなものが立《た》ちのぼりはじめたのだ。煙《けむり》はあっという間《ま》に、部屋《へや》の空気《くうき》をまっしろに染《そ》め上《あ》げていく。ぼくの視界《しかい》は、そんな煙《けむり》に上下左右《じょうげさゆう》から攻《せ》められて、あっという間《ま》にちぢんだ。

そんなしぼみゆく視界《しかい》のすみで、カイはいすにすわったまま、大《おお》きなため息《いき》をついている。まるで、煙《けむり》をもっと濃《こ》くしようとはなたれたかのようなそのため息《いき》は、遺《ゆい》言《ごん》のようなセリフだけを残《のこ》して、あっという間《ま》に彼《かれ》の姿《すがた》を煙《けむり》の向《む》こうへ消《け》し去《さ》った。

「まったく……。この処理《しょり》は、おまえらでしてくれよ」

そんな声《こえ》が届《とど》いたかと思《おも》うと、ぼくの視界《しかい》は完全《かんぜん》に白《しろ》いもやにのみこまれた。息苦《いきぐる》しくなって、左右《さゆう》に手《て》をのばす。しかし、その手《て》は、つい先《さき》ほどまでぼくのかたわらにいたはずのサノやリョウたちに届《とど》くことはなく、ただ宙《ちゅう》をからぶりするばかりだった。

「え、あれ、みんな？　どこ？」

ぼくは、少《すこ》し咳《せき》こみながら声《こえ》を上《あ》げる。まっしろな霧《きり》が、ぼくからなにもかもを遠《とお》ざける。まるで煙《けむり》が、耳《みみ》や鼻《はな》の中《なか》にまで侵入《しんにゅう》してきているかのように、体中《からだじゅう》に違和《いわ》感《かん》が走《はし》る。キーンと強《つよ》い耳鳴《みみな》りがした。

と、その時《とき》、誰《だれ》のものでもない声《こえ》が、もやの中《なか》からぼんやりとわき立《た》った。

「お兄《にい》ちゃんは、しっかりしているのにね」

唐突《とうとつ》に届《とど》いたその声《こえ》に、ぼくがふりかえろうとすると、急《きゅう》に左《ひだり》の横腹《よこばら》ににぶい痛《いた》みが走《はし》った。あまりに突然《とつぜん》のその衝撃《しょうげき》に、ぼくはうぐっと声《こえ》を上《あ》げてうずくまる。しゃがみこみながら、衝撃《しょうげき》がやってきた方向《ほうこう》を見《み》やると、そこには、にんまりと笑《わら》った青《あお》い仮面《かめん》があった。四角《しかく》く、紙《かみ》のようにぺらぺらの仮面《かめん》だ。宙《ちゅう》にふわふわと浮《う》いている。目《め》と口《くち》のところに穴《あな》があいていて、とても単純《たんじゅん》なつくりだけれど、なぜだかいやな感《かん》じのする仮面《かめん》だった。

とたん、今度《こんど》は逆《ぎゃく》の方向《ほうこう》からパンチが飛《と》んできた。右《みぎ》の肩《かた》あたりに、がつんとあたる。

「いっつも本読《ほんよ》んでて、えらいなー？　あ、遊《あそ》んでくれる友達《ともだち》がいないからか」

見《み》れば、そこにはオレンジ色《いろ》をした同《おな》じような仮面《かめん》が浮《う》いている。

どん！　次《つぎ》は前《まえ》から両肩《りょうかた》を押《お》されるような衝撃《しょうげき》が飛《と》んできて、ぼくはうしろにたおれこんでしりもちをついた。

「どんくさいなぁ。せっかくパス出《だ》してやったのに。おまえとやってもつまんねね」

「ご両親《りょうしん》が学者《がくしゃ》さんでいらっしゃいますでしょう。だから、お子《こ》さんも成績優秀《せいせきゆうしゅう》かと思《おも》ったら、クラスでもそんな目立《めだ》った成績《せいせき》ではなく……」

「お母《かあ》さんたちは仕事《しごと》。お兄《にい》ちゃんは塾《じゅく》。ごはんは、ひとりで食《た》べてね」

「ひとつでいいから取《と》りえつくれよ。なにもがんばんないんじゃ認《みと》めてもらえないぞ」

「え？　熱出《ねつで》たの？　やだ、お母《かあ》さん、もう仕事行《しごとい》かなきゃいけないのよ。病院《びょういん》、ひとりで行《い》ける？　行《い》けるよね」

黄色《きいろ》、紫《むらさき》、茶色《ちゃいろ》、赤《あか》、紺《こん》。

もやの中《なか》から、いろいろな色《いろ》の紙《かみ》がはらりと現《あらわ》れたかと思《おも》うと、空中《くうちゅう》ですべて同《おな》じような仮面《かめん》に変《か》わる。同時《どうじ》に、ぼくの体《からだ》は激《はげ》しい痛《いた》みにふっとばされた。主《おも》におなかがねらわれて、だんだんと息《いき》がしづらくなっていく。

そして、やがて痛《いた》みは、外《そと》からのものから、中《なか》からのものへと変《か》わっていった。

「なんで、うまくできないんだろう」

「こんなことを言《い》ったら、怒《おこ》られるかもしれない。嫌《きら》われるかもしれない」

「あともう少《すこ》しがんばれたら、気《き》に入《い》ってもらえたかもしれないのに、一生懸命《いっしょうけんめい》やってもやっても、どうしても足《た》りない」

「お兄《にい》ちゃんみたいに勉強《べんきょう》ができたら、サッカーができたら、学級委員長《がっきゅういいんちょう》に選《えら》ばれたら、みんな、やさしくしてくれるかな」

「あの時《とき》、ああ言《い》えばよかった」

「話《はな》しかけられると、ドキドキして頭《あたま》がまっしろになって、どうしようもなくて……」

言葉《ことば》はぼくの胸《むね》からわき上《あ》がり、一気《いっき》に頭《あたま》まで駆《か》け上《あ》がると、頭《あたま》の中《なか》をふみ荒《あ》らすように好《す》き勝手《かって》に暴《あば》れた。

胸《むね》が痛《いた》い。

頭《あたま》が痛《いた》い。

おなかが痛《いた》い。

ぼくは、言葉《ことば》が暴《あば》れる場所《ばしょ》をそれぞれ手《て》で押《お》さえて、必死《ひっし》に息《いき》をした。呼吸《こきゅう》が乱《みだ》れる。

やがて、ぼくはしゃがんでいることすらできなくなって、その場《ば》にたおれこんだ。

ぼやけた視界《しかい》の中《なか》では、いろいろな色《いろ》をした仮面《かめん》がふわふわと浮《う》かんで、ぼくを見《み》下《お》ろしている。仮面《かめん》はどれもふわふわと軽《かる》そうなのに、とりまく空気《くうき》はやたらと重《おも》くぼくにのしかかる。静《しず》かに静《しず》かに呼吸《こきゅう》ができなくなっていくのがおそろしくて、大《おお》きな声《こえ》でさけびたかった。

でも、そう思《おも》った時《とき》にはもう、かすかな声《こえ》さえ出《だ》せなくなっていた。

しかしその時《とき》、やはり外側《そとがわ》とも内側《うちがわ》ともつかないどこかから響《ひび》いたのは、彼《かれ》の声《こえ》だった。

「馬鹿《ばか》！　俺《おれ》をつかえって！」

するどい怒気《どき》をふくんだその声《こえ》は、チクチクとがっていて、ぼくの皮膚《ひふ》の上《うえ》を、ピリピリと電流《でんりゅう》のように走《はし》る。

サノの声《こえ》だ。

そう気《き》づいた瞬間《しゅんかん》、ぼくを押《お》しつぶしていた力《ちから》が、若干弱《じゃっかんよわ》まった。ぼくは、その力《ちから》のすきまで、あわてて息《いき》をする。そして、わらをもつかむ気持《きも》ちで、右手《みぎて》をのばした。

１０００引《ひ》く１は……。

ええっと……。

1000引《ひ》く1は……。

その問《と》いを頭《あたま》の中《なか》で、呪文《じゅもん》のようにくりかえす。しかし、がんがんと内側《うちがわ》から頭《あたま》をハンマーでたたかれているような痛《いた》みにやられて、呪文《じゅもん》はすぐにぼやけてしまった。

そのうちに、ぎゅっと胸《むね》が強《つよ》くしめつけられる感覚《かんかく》におそわれる。うす目《め》をあけると、そこでは、あいかわらず仮面《かめん》たちがうようよと浮《う》いていて、さまざまな言葉《ことば》を痛《いた》みに変《か》えては、ぼくに投《な》げつけてきた。

ぐるぐるとまわる色《いろ》。

仮面《かめん》の笑顔《えがお》。

痛《いた》み。

かきまぜられるぼくの血潮《ちしお》。

これが、モモの体験《たいけん》してきた世界《せかい》なのだろうか。モモがおなかにかかえていたあざの正体《しょうたい》なのだろうか。モモが、ぼくに見《み》せたくないと強《つよ》くつっぱねた現実《げんじつ》なのだろうか。

「起《お》きる？　やだよ」

先《さき》ほどそう断言《だんげん》したモモの声《こえ》がよみがえる。起《お》きるという言葉《ことば》が、具体的《ぐたいてき》にどんな状態《じょうたい》をさすのか、ぼくにはまだわからない。

しかし、それがなんであったとしても、起《お》きるということはきっと、モモをこの痛《いた》みの中《なか》にほうりこむということなのだろう。そんな残酷《ざんこく》なことができるだろうか。こんなにも激《はげ》しい苦《くる》しみの中《なか》を、この先《さき》もずっと泳《およ》ぎきれと彼《かれ》をつきはなすことは、はたして正《ただ》しいのだろうか。

頭《あたま》が割《わ》れるような頭痛《ずつう》のはざまで、ぼくがそう思《おも》って息《いき》をはいた時《とき》、仮面《かめん》はまるで、この時《とき》をねらっていたかのように巨大化《きょだいか》した。そして、ふくらんだ仮面《かめん》たちは、大《おお》きな壁《かべ》のようになって、次々《つぎつぎ》とぼくの上《うえ》へたおれかかってくる。

せなかに激《はげ》しい痛《いた》みがつみ重《かさ》なった。衝撃《しょうげき》は止《と》まらない。ぼくは、その衝撃《しょうげき》のたびに、言葉《ことば》にならない声《こえ》を上《あ》げた。とても言葉《ことば》を見《み》つくろうことなどできなかった。

そうこうしているうちに、目《め》の前《まえ》に浮《う》いていた青《あお》い仮面《かめん》が、まるでぬりかべのような大《おお》きさにまで乱暴《らんぼう》にふくれあがり、ぼくに向《む》かってたおれかかってきた。

もう、むりだ……。

しかし、その青色《あおいろ》が、ぼくの視界《しかい》を食《く》いつくそうとしたその時《とき》。

たおれこんでいたぼくの顔《かお》のすぐわきから、にょきにょきと音《おと》が鳴《な》りそうないきおいで生《は》えてきたのは、まるいクッションのような光《ひかり》の玉《たま》だった。小《ちい》さな太陽《たいよう》のような色《いろ》をしたそれは、豆電球《まめでんきゅう》のように床《ゆか》から、ぷっくりと音《おと》もなくふくらんで、ぼくを押《お》しつぶそうとしていた青《あお》い壁《かべ》を持《も》ち上《あ》げていく。そのさなか、光《ひかり》がぼくの頬《ほお》をそっとなでた。

とたん、頭《あたま》の痛《いた》みがすっと引《ひ》く。体《からだ》の輪郭《りんかく》にそって、ひなたができていくように、体《からだ》がぼんやりとしたあたたかさにつつまれた。

なんだろう、心地《ここち》いい。

まるで体中《からだじゅう》の血《ち》が、誰《だれ》かが入《い》れてくれた、あたたかいお茶《ちゃ》に入《い》れかえられたみた

いだ。そして、そのじんわりとしたぬくもりは、ぼくを芯《しん》からあたためていく。

その感覚《かんかく》にぼくがあっけにとられているうちに、目《め》の前《まえ》でふくらんだその光《ひかり》の玉《たま》は、青《あお》い壁《かべ》をぼくの反対側《はんたいがわ》へとたおしきった。そして、そのまま床《ゆか》からはなれると、大《おお》きな光《ひかり》の玉《たま》となって、ぼくの上《うえ》にふわふわと浮《う》かぶ。

ぼくの体《からだ》の上《うえ》には、まだ何枚《なんまい》もの仮面《かめん》の壁《かべ》がのっていた。

重《おも》い。痛《いた》い。苦《くる》しい。

でも、頭上《ずじょう》のその光《ひかり》の玉《たま》を見《み》ていると、先《さき》ほどのように、もうあきらめてしまおうとは思《おも》えなかった。なんとしてでも、もう一度《いちど》、あの玉《たま》にふれたい。あの玉《たま》のあたたかさを感《かん》じたい。そう思《おも》った。

重《おも》い。痛《いた》い。苦《くる》しい。

でも。

ぼくは、天《てん》に向《む》かって右手《みぎて》をのばす。

届《とど》かない。

届《とど》かない。

届《とど》かない。

届《とど》け……！

その時《とき》、急《きゅう》に頭《あたま》の中《なか》にひとつの答《こた》えが浮《う》かんだ。

まるで、太陽《たいよう》の光《ひかり》に照《て》らされて、地中《ちちゅう》で眠《ねむ》っていた種《たね》が急《きゅう》に芽吹《めぶ》いたかのように、ぼくには、答《こた》えがわかった。

そう、1000引《ひ》く1は999だ。

「やっとかよ！」

そんな声《こえ》とともに、霧《きり》の中《なか》から現《あらわ》れたのは、本《ほん》と万年筆《まんねんひつ》による武装《ぶそう》を終《お》えたサノだった。サノは現《あらわ》れるなり、ぼくの上《うえ》にのっている壁《かべ》のひとつを斬《き》りさく。ビリッといきおいよく紙《かみ》がさけるような音《おと》がした。

「公《こう》くん、続《つづ》けて！」

霧《きり》の向《む》こうから、リョウの声《こえ》が聞《き》こえて、ぼくははっと我《われ》に返《かえ》る。

999引《ひ》く2は、997。

またビリッと音《おと》がして、ぼくの体《からだ》の上《うえ》の重《おも》みが一気《いっき》に軽《かる》くなる。答《こた》えるたびに、頭《あたま》の中《なか》の痛《いた》みの霧《きり》も晴《は》れていき、答《こた》えることが楽《らく》になった。

994。

990。

985。

呼吸《こきゅう》をするようにリズムよく答《こた》えをはじき出《だ》していくと、ぼくの上《うえ》の壁《かべ》は、とうとうサノによってすべて取《と》りはらわれた。ぼくは、重《おも》い体《からだ》をなんとか持《も》ち上《あ》げて、ふらふらと起《お》き上《あ》がる。

しかし、まわりでは、まだまだたくさんの仮面《かめん》がゆれていた。ぼくにへばりつこうと、またもやすりよってくる。ぼくは身《み》ぶるいした。

サノは、懸命《けんめい》に一枚《まい》一枚《まい》、仮面《かめん》を斬《き》りさいてくれている。しかし、一本《ぽん》しかないサノの剣《けん》では、次《つぎ》から次《つぎ》へと舞《ま》いおりてくる無数《むすう》の仮面《かめん》を一気《いっき》に始末《しまつ》することができず、いたちごっこに終《お》わってしまっているのだ。

それでぼくは、ふっと強《つよ》く息《いき》をはくと、床《ゆか》に左手《ひだりて》をついて、歌《うた》い出《だ》した。

いつもの、きらきら星《ぼし》。

最初《さいしょ》の数音《すうおん》を口《くち》ずさむと、彼《かれ》はすぐに飛《と》んできた。バサリと羽音《はおと》がしたかと思《おも》うと、プオ、パオッとあたりを探《さぐ》る象《ぞう》の鳴《な》き声《ごえ》のような音《おと》が鳴《な》り、バシュッとぼくの横《よこ》の空《くう》気《き》が割《わ》れる。ぼくのまわりをうろついていた仮面《かめん》が、四つほど一気《いっき》にはじけ散《ち》った。

見上《みあ》げれば、すぐ上《うえ》を、イチがトランペットをかまえて飛《と》んでいた。次々《つぎつぎ》に仮面《かめん》をたおしていくサノとイチの姿《すがた》に、ほっと一安心《ひとあんしん》すると、ぼくはその場《ば》にへたりこむ。

全身《ぜんしん》が、しびれるように痛《いた》い。

そして、気《き》がつく。無数《むすう》の仮面《かめん》を退治《たいじ》しているのは、サノとイチだけではなかった。

先《さき》ほど、ぼくの痛《いた》みを一瞬《いっしゅん》にして消《け》し去《さ》った例《れい》の太陽《たいよう》のような玉《たま》が、床《ゆか》から次々《つぎつぎ》と浮《う》かび上《あ》がっては、仮面《かめん》をのみこむように焼《や》きつくしているのだ。仮面《かめん》は、光《ひかり》の玉《たま》にあたると、熱《ねつ》にあたった氷《こおり》のようにジュッと、とけていく。そんな光景《こうけい》に見《み》とれていると、するどくとがったサノの声《こえ》がした。

「おまえで、最後《さいご》だ！」

ザシュッ。

サノの剣《けん》がふり下《お》ろされる。そして、ジジッと例《れい》の音《おと》がすると、空気《くうき》が一瞬《いっしゅん》ゆれた。続《つづ》いて、キンと耳《みみ》の奥《おく》で耳鳴《みみな》りのような音《おと》がして、その音《おと》に思《おも》わずつむった目《め》を次《つぎ》にあけた時《とき》には、ぼくらのまわりをつつんでいた霧《きり》は、すべて消《き》えてなくなっていた。

そうして、再《ふたた》び景色《けしき》をとりもどしたぼくの視界《しかい》の中央《ちゅうおう》に立《た》っていたのは、だらりと肩《かた》を落《お》としたモモだった。モモは、うなだれたように頭《あたま》をたれて、両《りょう》こぶしをふるわせている。

やがて、モモはぽつりと言《い》った。

「ごめんなさい」

涙《なみだ》にぬれたその声《こえ》は、自分《じぶん》がつくり出《だ》してしまった結果《けっか》におびえているようで、けれど、そのおびえを乗《の》りこえて、必死《ひっし》に発《はっ》せられたものだった。そしてモモは、そ

向《む》ける。

の自分《じぶん》の言葉《ことば》につり上《あ》げられるように顔《かお》を上《あ》げて、大《おお》きな瞳《ひとみ》をまっすぐに、ぼくに

「ごめんなさい」

先《さき》ほどよりもしっかりとした声《こえ》が、ふるえて引《ひ》きつった頰《ほお》の間《あいだ》から、ぼくの耳《みみ》まで届《とど》いた。ぼくは、しりもちをついたままのなさけない姿勢《しせい》で、ゆっくりと首《くび》をふる。

「う、ううん」

それから、思《おも》ったことをすなおに口《くち》にした。

「きみは、すごいね。ぼくはひとりじゃ、とても耐《た》えられなかった」

それは、純粋《じゅんすい》な感動《かんどう》の言葉《ことば》として、ぼくの口《くち》から飛《と》び立《た》ったはずだった。

しかし、モモの耳《みみ》にはどう響《ひび》いたのか、その言葉《ことば》を聞《き》くなり、モモの口《くち》はへにょりと曲《ま》がり、モモはせきを切《き》ったように泣《な》きはじめる。にぎっていたこぶしは、力《ちから》がすべり落《お》ちたようにだらんとひらかれ、モモは自身《じしん》の中《なか》に閉《と》じこめたすべての力《ちから》を解放《かいほう》するように泣《な》きさけび続《つづ》けた。

それは、ぼくがこの部屋《へや》に入《はい》ってきた時《とき》に見《み》た、かたくなで閉《と》じこもるような泣《な》き方《かた》とはちがい、もっと健康的《けんこうてき》で必要《ひつよう》な、涙《なみだ》の噴水《ふんすい》のように思《おも》えた。

「寂《さび》しかったのね、モモ」

ぼくのかたわらで、リョウがつぶやく。

「本当《ほんとう》は、わたしたちがもっとモモのところに来《き》て、モモの話《はなし》を聞《き》かなきゃいけなかったの」

後悔《こうかい》しているような口調《くちょう》のリョウが、ぼくを見《み》る。

「……もう公《こう》くんにもわかっていると思《おも》うけど、モモは情動《じょうどう》っていう、好《す》きとか嫌《きら》いとかこわいっていう大《おお》きな感情《かんじょう》を担当《たんとう》しているの。そういう、とても強《つよ》くて繊細《せんさい》なものと毎日向《まいにちむ》き合《あ》わなければならないから、モモの仕事《しごと》はとてもたいへんで……。だからこそわたしたちは、本当《ほんとう》はもっと早《はや》くにモモを助《たす》けにこなきゃいけなかった。サノの論理力《ろんりりょく》で感情《かんじょう》を切《き》り分《わ》けて整理《せいり》して、イチの想像力《そうぞうりょく》で感情《かんじょう》を発散《はっさん》して、そうやってモモのところにたまった大《おお》きな感情《かんじょう》を常《つね》に分散《ぶんさん》させなくちゃならなかったのよ」

リョウは、くやしそうに唇《くちびる》をかむ。

「でもわたしたちは、それぞれがバラバラに自分《じぶん》の能力《のうりょく》をみがこうって必死《ひっし》になって、心《こころ》が外《そと》のほうばかり向《む》いて、中《なか》のことがおろそかになっていた。馬鹿《ばか》ね、それじゃ意味《いみ》ないのに」

するとそこで、イチがすっと前《まえ》に進《すす》み出《で》て、泣《な》き続《つづ》けるモモの頭《あたま》をぽんぽんとなでる。

「ごめんなさい、は、わたしたちの言葉《ことば》だったね」

イチの心《こころ》を代弁《だいべん》するようなリョウの言葉《ことば》に、サノはふんっと鼻息《はないき》だけで答《こた》えた。

と、そうしてぼくらがしんみりとモモを見《み》つめていると、少《すこ》しはなれたところから、

「さて」

と、冷静《れいせい》な声《こえ》が飛《と》んできた。

「この責任《せきにん》は、おまえら全員《ぜんいん》でとってもらうからな。謝罪《しゃざい》の気持《きも》ちがあるなら、言葉《ことば》

じゃなくて行動《こうどう》で示《しめ》してくれ」

そこではカイが、部屋中《へやじゅう》に散《ち》らばった大量《たいりょう》の紙《かみ》を、絶望的《ぜつぼうてき》な目《め》で見《み》つめている。台風《たいふう》がかんしゃくを起《お》こしたあとのような散《ち》らかり具合《ぐあい》を見《み》せている部屋《へや》を、死《し》んだ魚《さかな》のような瞳《ひとみ》で見《み》つめていた。この部屋《へや》のありさまはきっと、たった今《いま》、モモによってつくりあげられた夢《ゆめ》の代償《だいしょう》なのだろう。カイの言葉《ことば》に、サノはふうっとため息《いき》をつくと、

「しかたない」

と、肩《かた》をすくめて、自《みずか》らの足《あし》にからみついていた紙《かみ》をひろいあげた。そしてもちろん、ぼくらもそれに続《つづ》く。

部屋《へや》の整理《せいり》には、ショウの部屋《へや》の何倍《なんばい》もの時間《じかん》がかかった。紙《かみ》には、それぞれ番号《ばんごう》や記号《きごう》がついていて、思《おも》ったよりまとまりが見《み》いだしやすかったものの、それでも被《ひ》害《がい》は大《おお》きく、かたがついた時《とき》にはもう、ぼくの目《め》と腰《こし》はじんわりとした痛《いた》みにおそわれていた。こんな作業《さぎょう》をずっとやっていては、カイがやさぐれてしまうのも無理《むり》は

ない。

と、ぼくがそう納得《なっとく》した時《とき》、ふとサノが言《い》った。

「俺《おれ》らの管轄《かんかつ》のやつが結構《けっこう》あるな」

いくつかの段《だん》ボール箱《ばこ》の中身《なかみ》を確認《かくにん》して、サノは腰《こし》に手《て》をあてる。

リョウがうなずいた。

「そうね、一度《いちど》、わたしたちの部屋《へや》にもどりましょうか。すぐそこだし、公《こう》くんを連《れん》合長《ごうちょう》のところへつれて行《い》く前《まえ》に、モモをゆっくり休《やす》ませたいしね」

あれからモモは、体《からだ》からうみを出《だ》し切《き》るように長《なが》い間《あいだ》泣《な》いたのち、気絶《きぜつ》するようにたおれ、今《いま》はクッションの上《うえ》でぐったりと横《よこ》になっている。顔《かお》は青白《あおじろ》いものの、その寝顔《ねがお》からは、ずっと彼《かれ》の上《うえ》にただよっていた険《けん》がぬけ落《お》ちているように見《み》えた。

「そうだね。一度《いちど》、この荷物《にもつ》を運《はこ》んでしまおう。せっかく人手《ひとで》も多《おお》いことだし。ただ、その前《まえ》に……」

サノは、段《だん》ボール箱《ばこ》を見《み》つめていた視線《しせん》を、机《つくえ》の上《うえ》でいまだに作業《さぎょう》を続《つづ》けているカイに移《うつ》す。

「カイ。基本《きほん》ノートをくれないか」

その言葉《ことば》に、カイの眉《まゆ》がぴくりと反応《はんのう》する。

「実《じつ》は、公《こう》にはまだ俺《おれ》らの事情《じじょう》を、きちんと話《はな》してないんだ」

サノの口《くち》からぼくの名前《なまえ》が出《で》て、今度《こんど》はぼくがびくっとした。

しかし、サノはぼくのリアクションなど少《すこ》しも気《き》にせずに続《つづ》ける。

「ショウの部屋《へや》でもここでも、だいぶ失言《しつげん》をしたし、そろそろ公《こう》も俺《おれ》らに不信感《ふしんかん》を抱《いだ》いているみたいなんでね、連合長《れんごうちょう》のところへ向《む》かう前《まえ》に、俺《おれ》らの部屋《へや》で、公《こう》の信頼《しんらい》をとりもどしておきたいんだ。公《こう》に、俺《おれ》らの基本情報《きほんじょうほう》をわたそうと思《おも》う。確《たし》か、一冊《さつ》にまとめたやつがあったろ」

幾度《いくど》ぼくの名前《なまえ》を口《くち》にしても、サノはちらりともぼくを見《み》ない。リョウだけが、とてもこまった顔《かお》をして、ぼくとサノをなんども交互《こうご》に見《み》やった。

カイは肩《かた》をすくめる。

「あれなら、事故《じこ》についてメモしたあと、すぐに連合長《れんごうちょう》の部屋《へや》にほうりこんでおいた。なんせ、モモがずっとあんな調子《ちょうし》だったもんでね。下手《へた》したら、ビリビリにやぶきかねないと思《おも》って、避難《ひなん》させたんだ」

事故《じこ》？　ぼくはそこで、これまでなんども覚《おぼ》えた違和感《いわかん》に再《ふたた》び出会《であ》い、首《くび》をかしげる。

みんなあたりまえのように事故《じこ》、事故《じこ》と言《い》っているけれど、事故《じこ》で記憶喪失《きおくそうしつ》になったのはぼくで、この迷宮《めいきゅう》が混乱《こんらん》しているのは、地震《じしん》のせいではなかったか。思《おも》えばリョウも、今《いま》まで幾度《いくど》か「事故《じこ》」と口《くち》にしては、「地震《じしん》」と言《い》いかえていたけれど、ふつう、地震《じしん》のことを事故《じこ》とは言《い》いまちがえない気《き》がする。

しかしぼくのとなりでサノは、ぼくとちがうところに引《ひ》っかかっていたらしい。カイの言葉《ことば》に、眉《まゆ》をひそめた。

「連合長《れんごうちょう》？　じゃあおまえ、事故《じこ》のあとに連合長《れんごうちょう》に会《あ》ったのか。無事《ぶじ》だったか？」

「いや、会《あ》ってはいない。ノートを部屋《へや》においてきただけだ。こっちは忙《いそが》しかったんでね」

「おいおい、連合長《れんごうちょう》の安否《あんぴ》ぐらい確認《かくにん》しろよ。でも、ってことは、連合長《れんごうちょう》は部屋《へや》にはいなかったってことか。それは、はたして吉報《きっぽう》か悪報《あくほう》か……」

サノが考《かんが》えこむように、口元《くちもと》に手《て》をやる。するとリョウが、ぽんっとそのせなかをたたいた。

「まあほら、とにかく行《い》ってみましょ。ショウもカイもモモも無事《ぶじ》だったんだもん、連合長《れんごうちょう》だって、きっと大丈夫《だいじょうぶ》よ」

リョウは自分《じぶん》の中《なか》の不安《ふあん》をかき消《け》そうとするかのように無理《むり》に明《あか》るい声《こえ》でそう言《い》うと、モモのそばにしゃがみこんでいるイチを呼《よ》ぶ。

「イチー。行《い》くよー」

すると、その声《こえ》になぜかモモも立《た》ち上《あ》がった。モモは、ゆっくりと体《からだ》を起《お》こすと、イチのあとをついて、ぼくたちのほうへやってくる。

そして、いくらかすっきりしたらしいその顔《かお》でぼくを見上《みあ》げると、手《て》をさし出《だ》した。

「ありがとう」

モモが今《いま》までにないやわらかな表情《ひょうじょう》でそう口《くち》にする。ぼくは、おずおずとその手《て》をとりながらもとまどった。

ありがとう？

ぼくは、そんなすてきな言葉《ことば》をもらえるようなことをした覚《おぼ》えなどなく、その真《ま》正面《しょうめん》からぶつけられた感謝《かんしゃ》をもてあましてしまう。

しかし、モモの手《て》を受《う》けとめたぼくを見《み》て、モモは顔《かお》いっぱいに笑《え》みを浮《う》かべる。

初《はじ》めて見《み》たモモの笑顔《えがお》は、真夏《まなつ》に咲《さ》きほこる大《おお》きなひまわりの花《はな》のようで、太陽《たいよう》によく似《に》たそれは、ぼくをあの仮面《かめん》の壁《かべ》から救《すく》った光《ひかり》の玉《たま》によく似《に》ていた。

そうか、と、それでぼくは気《き》がつく。

本当《ほんとう》に立《た》ち上《あ》がりたかったのは、きっと誰《だれ》よりも彼《かれ》だったにちがいない。そう思《おも》うとぼくは、にぎった手《て》にさらに強《つよ》く力《ちから》をこめた。

第五章　ふたする双子《ふたご》

「サノたちはずっと、ぼくにうそをついてたの？」

書類《しょるい》の入《はい》った段《だん》ボール箱《ばこ》をかかえてモモたちの部屋《へや》を出発《しゅっぱつ》すると、ぼくは早々《そうそう》にそう切《き》り出《だ》した。自然《しぜん》と責《せ》めるような口調《くちょう》になってしまったぼくに、サノは箱《はこ》をかかえたまま肩《かた》をすくめる。

「事実《じじつ》ではないという意味《いみ》ではうそだったかもしれない。でも、すべては君《きみ》のためだよ。記憶《きおく》がない君《きみ》に、いきなりすべてを説明《せつめい》しても混乱《こんらん》するだけだと思《おも》って、君《きみ》が不《ふ》安《あん》にならないようなやさしい作《つく》り話《ばなし》をしただけさ」

ぼくのほうをふりかえらずに、前《まえ》を向《む》いたままそう言《い》ってのけるサノは、どこかめんどうくさそうだ。

でも、そんな態度《たいど》をとられたところで、ぼくだって引《ひ》き下《さ》がるわけにはいかない。記憶《きおく》がないぼくは、一瞬一瞬《いっしゅんいっしゅん》考《かんが》えて、自分《じぶん》で自分《じぶん》を守《まも》るしかないのだ。

「でも、じゃあ、うそだってバレたわけだし、もう教《おし》えてくれていいよね。ふたりとも、なにを隠《かく》してるの？」

サノもリョウも答《こた》えない。

リョウは、気《き》まずそうにしている。

それでぼくはまくしたてるように続《つづ》けた。

「モモは起《お》きたくないって言《い》っていた。起《お》きるって、なに？　それに、さっきの夢《ゆめ》……。仮面《かめん》がぼくにいろいろ言《い》ってきたこと、あれはもしかして……」

「そうだよ」

ぼくが自分《じぶん》の想像《そうぞう》について口《くち》にする前《まえ》に、サノはとうとうぼくにふりかえって、そう言《い》った。足《あし》を止《と》めて、まっすぐにぼくを見《み》る。

「そう、さっきの夢《ゆめ》は、君《きみ》の記憶《きおく》の断片《だんぺん》だ」

「やっぱり。じゃあ、さっきの部屋《へや》にぼくの記憶《きおく》があったってこと？」

「いや、ことはそうシンプルじゃなくてね……。君《きみ》には、そもそもの前提《ぜんてい》から説明《せつめい》しなおさなきゃならないんだ」

サノはなかなか核心《かくしん》を口《くち》にしない。

ぼくは、いらついた。

「じゃあ、すればいいじゃないか」

「まあまあ。それは、連合長《れんごうちょう》の部屋《へや》についてからにしよう。基本《きほん》ノートがあったほうが手《て》っとり早《ばや》いからね」

サノはふっと鼻《はな》で笑《わら》うと、くるりとぼくに背《せ》を向《む》けて歩《ある》き出《だ》してしまう。助《たす》けを求《もと》めるようにリョウを見《み》やると、リョウは瞳《ひとみ》だけで、ごめんね、と謝《あやま》った。

「それよりさ」

サノが歩《あゆ》みは止《と》めずに、声《こえ》のトーンだけ変《か》えて、またぼくをふりむく。まるで、い

たずらにでも誘《さそ》おうとしているかのような、少《すこ》し悪《わる》ぶった視線《しせん》だ。

「正直《しょうじき》、モモのやつ、どうだった？　めんどうなやつだったろ？」

ぼくがサノの言葉《ことば》に思《おも》わず、眉《まゆ》をぎゅっとよせたのは、話題《わだい》をそらされたからではない。サノのその言葉《ことば》に、言葉《ことば》以上《いじょう》の奥行《おくゆき》を感《かん》じたからだ。まるで、自分《じぶん》に同調《どうちょう》してくれる仲間《なかま》を増《ふ》やそうとしている妙《みょう》ないやらしさが、その声《こえ》にはじんわりと広《ひろ》がっていた。

だからだろう。ぼくが返答《へんとう》する前《まえ》に、リョウがふりかえった。

「ちょっと、サノ。それ、どういう意味《いみ》？」

これまでだんまりを決《き》めこんでいたことは、リョウにとってもストレスだったのかもしれない。リョウは、いつにも増《ま》して強《つよ》い調子《ちょうし》で、サノの行《い》きすぎた発言《はつげん》にイエローカードを出《だ》す。しかしサノは、にこにこと笑《わら》って取《と》り合《あ》わない。

「ごめんごめん。さっきのモモがあんまりにもひどかったもんだからさ」

リョウが眉《まゆ》をひそめる。

「ひどかったって、あの、けがのこと？」

リョウは、けがという言葉《ことば》を口《くち》にすることをためらうように声《こえ》をひそめたが、サノは、そんなリョウの深刻《しんこく》さとは正反対《せいはんたい》の軽快《けいかい》さを顔《かお》の上《うえ》で踊《おど》らせる。

「いやいや、モモ自身《じしん》の話《はなし》だよ。まるで、自分《じぶん》が中心《ちゅうしん》みたいな言《い》い方《かた》をしてたじゃないか。感情《かんじょう》がなければ、俺《おれ》らに価値《かち》がないみたいに。別《べつ》に俺《おれ》は、感情《かんじょう》なんかなくたって十分《じゅうぶん》に情報《じょうほう》をあつかいきる自信《じしん》があるけどね。むしろ、感情《かんじょう》なんてないほうが、仕事《しごと》がスムーズに進《すす》むかもしれない」

あっさりとしたサノの口調《くちょう》に、リョウは表情《ひょうじょう》をくもらせ、なにか反論《はんろん》しようと、空気《くうき》を口《くち》いっぱいにすいこんだ。

しかしサノは、その息《いき》が言葉《ことば》として返《かえ》ってくる前《まえ》に、まるでそれを見《み》はからっていたかのようなタイミングで、ぼくらの行《い》く先《さき》をあごで示《しめ》す。

「ほら、リョウ。そうこう言《い》っているうちに帰《かえ》ってきたよ。俺《おれ》らの部屋《へや》だ」

と、サノが言《い》うなり、そのサノの声《こえ》と同《おな》じくらいの速《はや》さで、イチが飛《と》び出《だ》していく。

イチの腕《うで》の中《なか》で段《だん》ボールの箱《はこ》がはずんだ。

「う、あ、イチ！　ちょっと待《ま》って、走《はし》らないで！　気《き》をつけて……！」

楽《たの》しそうな笑顔《えがお》を浮《う》かべて部屋《へや》に走《はし》っていくイチを、リョウがあわてて追《お》いかける。そんなふたりのせなかを見《み》やりながら、サノはつぶやいた。

「俺《おれ》はね、これを機《き》に、邪魔《じゃま》なやつは消《け》してもいいんじゃないかって、思《おも》ってるんだ」

ぼくは目《め》を見《み》ひらく。

ぼくのとまどいをすくい上《あ》げてくれるリョウは、今《いま》、ここにはいない。

ぼくがただ、だまってサノを見《み》つめていると、サノは、自分《じぶん》で落《お》とした言葉《ことば》を自《みずか》らひろい上《あ》げて、かろやかに笑《わら》った。

「なんてね。さ、俺《おれ》らも行《い》こう。腕《うで》がちぎれそうだ」

サノは、段《だん》ボール箱《ばこ》をかかえなおすと、立《た》ちつくすぼくをおいて、そのまま歩《ある》き出《だ》す。

しかし、サノが何《なん》メートルも先《さき》に行《い》ってなお、ぼくはしばらく、その場《ば》から足《あし》をはなせなかった。

「ん？　どうした？」

ぼくがついてこないことをふしぎに思《おも》ったのか、サノが、なにごともなかったかのようにふりむく。それでぼくは、見《み》えない糸《いと》に引《ひ》かれるように歩《ほ》を進《すす》めた。

たどりついたその場所《ばしょ》は、これまでのどの部屋《へや》よりも大《おお》きかった。入《い》り口《ぐち》とつながったその空間《くうかん》は、まるでリビングルームのようで、縦長《たてなが》に広《ひろ》がっている。そしてその左右《さゆう》の壁《かべ》にはそれぞれ大《おお》きな扉《とびら》がついており、どうやらその先《さき》が、サノとイチの、おのおのの部屋《へや》となっているようだった。

となると、ふたりの部屋《へや》の間《あいだ》に広《ひろ》がるこの空間《くうかん》が、リョウのものなのだろう。サノは以前《いぜん》、リョウの部屋《へや》は廊下《ろうか》のようなものだと言《い》っていたが、ただの廊下《ろうか》と呼《よ》ぶには、この空間《くうかん》も十分《じゅうぶん》に広《ひろ》いし、居心地《いごこち》がよい。現《げん》にリョウは、ぼくが部屋《へや》についた時《とき》にはもう、段《だん》ボール箱《ばこ》を投《な》げ出《だ》して、奥《おく》のソファに体《からだ》をしずめていた。

「やっぱり、落《お》ちつくー」

ふかふかの、大《おお》きなまっしろなソファに体《からだ》をしずめながら、リョウはまるでお風呂《ふろ》につかった瞬間《しゅんかん》のように、感動《かんどう》の声《こえ》を上《あ》げる。と、箱《はこ》を自分《じぶん》の部屋《へや》においたらしいサノが、すぐにもどってきた。そして、心地《ここち》よさそうにソファの上《うえ》で目《め》をつむっているリョウを見《み》て、なんの気《き》なしにといったようすで提案《ていあん》する。

「リョウ、いろいろ慣《な》れないことばかりで、疲《つか》れたろ。少《すこ》し休《やす》んでいくといいよ。連《れん》合長《ごうちょう》のところに公《こう》をつれていくくらい、俺《おれ》とイチのふたりで大丈夫《だいじょうぶ》だからさ」

思《おも》いがけないサノの言葉《ことば》に、リョウはソファに体《からだ》をしずめたままの体勢《たいせい》で、目《め》をぱちくりさせる。そして、すぐに首《くび》を横《よこ》にふった。

「そんな！　わたしも行《い》くに決《き》まってるじゃない！　ちゃんと最後《さいご》まで公《こう》くんを

……」

リョウがちらりと、ぼくを見《み》る。

しかし、ぼくにはなにも言《い》えない。

最後《さいご》？

連合長《れんごうちょう》という人《ひと》がいるところが、ぼくにとってのゴールになるのだろうか。

迷宮《めいきゅう》の、出口《でぐち》？

本当《ほんとう》に？

もうなにを信《しん》じればいいかわからない。

いろいろな疑問《ぎもん》がぼくの中《なか》でうごめいたけれど、ぼくはそれを口《くち》にできずに下《した》を向《む》く。聞《き》いたところできっと、またはぐらかされるに決《き》まっているのだ。

そしてサノはもちろん、ぼくのことなどみじんも気《き》にせずに、リョウをなだめるように、リョウの両肩《りょうかた》に手《て》をおくと、その体《からだ》をソファへ押《お》しもどした。

「まあまあ、落《お》ちついて。なにもリョウを仲間《なかま》はずれにしようとしてるわけじゃないんだ。でもほら、やっぱり連合長《れんごうちょう》のところにつく前《まえ》に、公《こう》に本当《ほんとう》のことを話《はな》しておこうと思《おも》ってさ、けど、そしたら公《こう》はまた、さっきみたいに俺《おれ》らを責《せ》めるだろうし、責《せ》められるとリョウもつらいだろ。だから、公《こう》には俺《おれ》から事情《じじょう》を話《はな》すよ。落《お》ちついたら連絡《れんらく》するから、そしたら、リョウも追《お》ってきてくれればいい」

「そんなの、わたしは大丈夫《だいじょうぶ》よ。公《こう》くんが怒《おこ》るのも無理《むり》ないし……」

「それだよ。リョウはやさしいから、つい公《こう》に肩入《かたい》れして、公《こう》の気持《きも》ちによりそうだろ。それをされると、俺《おれ》がひとり悪役《あくやく》にならなきゃならなくなって、俺《おれ》がつらいんだ。だからここは、俺《おれ》のためと思《おも》って、ひとまず俺《おれ》と公《こう》とで話《はなし》をさせてくれないか。冷静《れいせい》に、論理的《ろんりてき》に、事実《じじつ》だけを公《こう》に伝《つた》えたい」

サノは先《さき》ほどから、まるでぼくなどここにいないかのように、話《はなし》をしている。そんなサノに押《お》されてリョウは、反論《はんろん》の言葉《ことば》を見失《みうしな》い、目《め》を泳《およ》がせた。

「でも、連合長《れんごうちょう》のところにつく前《まえ》に、ひどい悪夢《あくむ》が出《で》たら……」

「大丈夫《だいじょうぶ》だって。イチもつれていくし、モモだって一応《いちおう》、落《お》ちついたみたいだから、前《まえ》ほどの悪夢《あくむ》を送《おく》りこんでくることはないだろ。それに、公《こう》だってだいぶ、悪夢《あくむ》との戦《たたか》い方《かた》に慣《な》れてきたみたいだしね。それとも、リョウは俺《おれ》たちを信用《しんよう》できない？」

サノの試《ため》すような視線《しせん》を受《う》けて、リョウは両方《りょうほう》の眉尻《まゆじり》を下《さ》げる。いつものサノの手口《てぐち》だ。こう言《い》えば、リョウは言《い》い返《かえ》せないと、わかっているにちがいない。案《あん》の定《じょう》、リョウは何度《なんど》か、なにか言《い》おうとひらきかけた口《くち》を、結局《けっきょく》は閉《と》じて目《め》をふせると、

「そうじゃないけど……」と、あいまいにつぶやいた。

それを聞《き》いて、サノは満足《まんぞく》そうに口《くち》のはしを上《あ》げる。

「よし、じゃあいいね、さっそく行《い》ってくるよ。連合長《れんごうちょう》のことも心配《しんぱい》だしね」

その声《こえ》に、ちっとも心配《しんぱい》したようすは感《かん》じられなかったが、サノは持《も》ち前《まえ》の強引《ごういん》さで、ことをあっという間《ま》に進《すす》めていく。

そして急《きゅう》にぼくにふりかえると、にこりと笑《わら》った。

「さあ、行《い》こうか、公《こう》」

続《つづ》けて、イチの部屋《へや》を向《む》くと、声《こえ》を荒《あら》げる。

「……イチ！　行《い》くぞ！」

すると、少々《しょうしょう》の間《ま》があってから、イチの部屋《へや》の扉《とびら》がカチャリとひらき、のほほんとした表情《ひょうじょう》のイチが現《あらわ》れた。サノは、イチの登場《とうじょう》を確認《かくにん》するやいなや、さっさと先《さき》に立《た》って歩《ある》きはじめてしまう。

「気《き》をつけてね。本当《ほんとう》に、ちゃんと連絡《れんらく》してね」

ソファから立《た》ち上《あ》がるタイミングを逃《のが》したリョウは、中途半端《ちゅうとはんぱ》な姿勢《しせい》で早口《はやくち》に告《つ》げる。サノはもう遠《とお》い。イチは、いつもどおりぼんやりとしている。ぼくだけが、リョウに向《む》かってしっかりとうなずくと、小《ちい》さく頭《あたま》を下《さ》げて、サノを足早《あしばや》に追《お》った。

「連合長《れんごうちょう》の部屋《へや》までは、そう遠《とお》くないんだ」

ぼくが追《お》いつくなり、サノはふりむきもせずに、そう切《き》り出《だ》した。まるで誰《だれ》にも会話《かいわ》の主導権《しゅどうけん》をにぎらせたくない、と言《い》わんばかりの間《ま》のとり方《かた》だ。ぼくは少《すこ》しむっとする。だから、強引《ごういん》に話題《わだい》を変《か》えてやった。

「本当《ほんとう》においてきちゃってよかったの？」

「ん？　ああ、リョウのことか。そりゃ、いいだろう。それとも、君《きみ》はあんなに疲《つか》れているリョウを、君《きみ》のお守《も》りのためだけに、つれてくるべきだったとでも言《い》う気《き》かい」

「いや、べつに、そういうわけじゃないけど……」

思《おも》わぬ反撃《はんげき》にあって、ぼくはしどろもどろになる。おかしい。サノは、最初《さいしょ》はぼくにもリョウに対《たい》するようにやさしかったように思《おも》うのだが、時間《じかん》が過《す》ぎれば過《す》ぎるほど、どんどんと、ぼくへの態度《たいど》がぞんざいになっていっている。サノも疲《つか》れているのだろうか。

「そういえばさ、なんで、リョウだけ女《おんな》の子《こ》なの？　ほかは、みんな男《おとこ》なのに」

沈黙《ちんもく》に耐《た》えきれず、ぼくはそんな少《すこ》し間《ま》のぬけた質問《しつもん》を口《くち》にする。ほかに聞《き》きたいことはたくさんあるけれど、こちらから核心《かくしん》にふれれば、またとがった言葉《ことば》で切《き》り返《かえ》されるだけかと思《おも》うと、思《おも》わずそんなあたりさわりのない質問《しつもん》を選《えら》んでしまった。

しかし、意外《いがい》にもサノは、わざわざ歩《あゆ》みを止《と》めると、ため息《いき》をついた。そして、ふりかえる。

「君《きみ》は、本当《ほんとう》に質問《しつもん》ばかりだね。たずねる前《まえ》に、自分《じぶん》で考《かんが》えてみようとは思《おも》わないのか？」

いらついたサノの口調《くちょう》に、ぼくは少《すく》なからず、ショックを受《う》ける。場《ば》つなぎのための質問《しつもん》で、こんなにも強《つよ》く怒《おこ》られるとは思《おも》わなかった。

「だ、だって、ぼくには記憶《きおく》がないから……」

「記憶《きおく》がなくたって、考《かんが》える力《ちから》はあるだろう。それに記憶《きおく》がないなら、むしろ、俺《おれ》らをもっと疑《うたが》うべきだ。俺《おれ》らに言《い》われるままにほいほいついてきて、俺《おれ》の言《い》ったことをうのみにして、俺《おれ》がはぐらかしても無理《むり》に追及《ついきゅう》はしない。おかしいと思《おも》うところ、これまでにいくらでもあったろう？」

腰《こし》に片手《かたて》をあてて、サノはぼくを責《せ》め続《つづ》ける。

だって、サノがそうしろって言《い》ったから、という言《い》いわけが口《くち》から出《で》かかったけれど、しょせん、言《い》いわけに過《す》ぎないと思《おも》うと言葉《ことば》をのみこむしかなかった。そんなぼくを見《み》て、サノはさらにあきれたように首《くび》をふる。

「こまるんだよ。君《きみ》だけは消《け》すわけにはいかないんだから、もっとしっかりしてくれないと」

サノはそう言《い》いすてると、ぼくの反応《はんのう》を待《ま》たずにまた歩《ある》きはじめる。

消《け》すって、どういうこと？

結局《けっきょく》、ここはどこで、きみたちはなに？

ぼくは、なに？

どうしてサノは、そんなに人《ひと》に冷《つめ》たいの？

サノになにか言《い》い返《かえ》したいのに、浮《う》かんでくるのは疑問《ぎもん》ばかりで、そのどの答《こた》えも、ぼくにはわからない。考《かんが》えても考《かんが》えても、考《かんが》えるためのピースが足《た》りなくて、ぼくの頭《あたま》の中《なか》のジグソーパズルは、どうがんばっても完成《かんせい》しない。

くやしい。

言《い》い返《かえ》せないことが、無力《むりょく》なぼくが、くやしい。

結局《けっきょく》、ぼくはただ、無言《むごん》で唇《くちびる》をかみしめ、サノのあとに続《つづ》くしかなかった。サノも話《はな》しかけてはこない。イチのトランペットだけが、歩《ある》くたびにカチャカチャとかすかな金属音《きんぞくおん》を立《た》てた。

「さて。このあたりでよしとするか」

急《きゅう》にサノの足《あし》が止《と》まった。もんもんと考《かんが》えをめぐらせていたぼくは、一拍遅《ぱくおく》れて、あわてて足《あし》を止《と》める。

思《おも》ったよりずいぶん早《はや》くに目的地《もくてきち》についたなと、ぼくは、きょとんとしてしまう。しかし、あたりを見《み》まわしてみたところで、部屋《へや》らしい部屋《へや》は見当《みあ》たらなかった。こんな殺風景《さっぷうけい》な場所《ばしょ》に、連合長《れんごうちょう》とやらはいるのだろうか。

「ちがうよ、公《こう》。ここは、連合長《れんごうちょう》の部屋《へや》じゃない」

ぼくの心《こころ》のうちを読《よ》みとったかのように、サノは淡々《たんたん》と告《つ》げる。先《さき》ほどよりとげのない口調《くちょう》だ。しかし、その声《こえ》の端々《はしばし》には、わずかな緊張《きんちょう》がかよっているようにも思《おも》える。

サノが緊張《きんちょう》？　めずらしい。

ぼくは、なにやらただならぬ雰囲気《ふんいき》に眉《まゆ》をよせた。またなにかとんでもない悪夢《あくむ》におそわれるのだろうか。

しかし、サノがゆっくりと手《て》をやったのは、キャップをとれば剣《けん》に変《か》わる、いつもの万年筆《まんねんひつ》ではなく、ジーンズのうしろポケットだった。

なんだろう。

なにを取《と》り出《だ》そうとしているのだろう。

ぼくは身《み》がまえる。

今度《こんど》はいったい、どんな夢《ゆめ》が？

しかし、いつまでたっても、あの夢《ゆめ》に入《はい》る際《さい》に現《あらわ》れる、ジジッという独特《どくとく》な音《おと》の気配《けはい》は感《かん》じられない。

かわりに、サノの口《くち》が音《おと》を発《はっ》した。

「ずっと前《まえ》から考《かんが》えてたんだ。こんなことになるなら、もっと早《はや》くに実行《じっこう》しておくべきだった。後悔《こうかい》しているよ」

おかしい。サノの声《こえ》が、いつにも増《ま》してかわいている。しかし、その声《こえ》が向《む》けられているのは、ぼくではない。サノの、いつになくギラギラと輝《かがや》いている瞳《ひとみ》がとらえているのは、ぼくの背後《はいご》だ。正体不明《しょうたいふめい》のいやな予感《よかん》が、胃《い》からのどへとこみ上《あ》げる。

「え、なに？　サノ？　どうしたの？」

思《おも》わず、サノにまた質問《しつもん》をぶつけてしまった。しかも、例《れい》によって不安《ふあん》にまみれた声《こえ》で。

しかし、ぼくらのまわりの空気《くうき》は、まるで結晶《けっしょう》をつくろうとでもしているかのように、かたくかたく存在感《そんざいかん》を強《つよ》めていき、ぼくのふにゃふにゃとした声《こえ》をあっという間《ま》ににぎりつぶしてしまう。

そして次《つぎ》の瞬間《しゅんかん》、ぼくの頬《ほお》の横《よこ》をするどい風《かぜ》が走《はし》り、ガシャン、と空気《くうき》が割《わ》れたような音《おと》がした。反射的《はんしゃてき》に、音《おと》のほうをふりむこうとして、しかし、恐怖《きょうふ》で首《くび》がかたまる。ふりむくのがこわかった。

ぼくの横《よこ》を駆《か》けぬけていったのが、サノだとわかっていたから。その先《さき》にいるのが誰《だれ》か、わかっていたから。

そう、その先《さき》、ぼくの背後《はいご》にいるのは……。

「イチ！」

そうさけびながらふりかえり、ぼくは息《いき》をのんだ。ぼくの視線《しせん》の先《さき》ではサノが、鉄《てつ》製《せい》のレンチをイチに向《む》けてふりあげており、イチはそれを、両手《りょうて》でかかげたトランペットでしっかりと受《う》けとめている。どうやら、先《さき》ほどの空気《くうき》が割《わ》れたような音《おと》は、トランペットとレンチがぶつかり合《あ》った音《おと》だったらしい。そして今《いま》、ふたりは、せめぎ合《あ》うように力《ちから》をゆるめぬまま、向《む》かい合《あ》っている。

「サノ、なにしてるんだよ！」

ぼくは声《こえ》をふるわせた。

それでもサノは力《ちから》をゆるめない。にぶい銀色《ぎんいろ》がかたまったレンチは、いつものサノの万年筆《まんねんひつ》の剣《けん》のようにきらきらと光《ひか》ることはなく、無表情《むひょうじょう》な現実《げんじつ》として、サノの手《て》の中《なか》にある。サノの手《て》の中《なか》で、イチを苦《くる》しめている。

イチは、つらそうに顔《かお》をゆがめていた。

「止《と》めるなよ。こいつさえいなくなれば、俺《おれ》らはもっと強《つよ》くなれる」

サノが、食《く》いしばった歯《は》のすきまから、苦《くる》しそうな声《こえ》を出《だ》す。

ぼくは目《め》を見《み》ひらいた。

「そ、そんな、そんなの……」

動揺《どうよう》したぼくの声《こえ》は、つみ木《き》をつめない手《て》のように、言葉《ことば》を重《かさ》ねられずにふるえる。

そして、そんなぼくにいらついたように、サノは声《こえ》を荒《あら》げた。

「ここまで見《み》てきて、わかったろ。俺《おれ》らの中《なか》で、いちばん優秀《ゆうしゅう》なのは俺《おれ》だ。つまり俺《おれ》が、こいつのぶんの仕事《しごと》もこなせば、俺《おれ》らはもっとうまく生《い》きられる。こいつをどっかに追《お》いやって、俺《おれ》が、こいつの部屋《へや》と仕事《しごと》をもらい受《う》ければ……」

すると、話《はな》し続《つづ》けたせいで、サノの力《ちから》が少《すこ》しゆるんだのだろう。サノがそこまで言《い》ったところで、ようやくイチがサノをはねかえした。再《ふたた》び、ガシャンという音《おと》が鳴《な》って、ふたりの間《あいだ》がひらく。

しかしイチは、じっとサノを見《み》つめるばかりで、逃《に》げようとはしなかった。そして、サノもそんなイチを見《み》つめたままだ。じりじりとまた間合《まあ》いをつめながら、話《はな》し続《つづ》ける。

「強《つよ》いものが弱《よわ》いものの力《ちから》をすいとり、さらに強《つよ》くなる。そうやって、人間《にんげん》はずっと進化《しんか》してきた。俺《おれ》らだって、そうあるべきだ。もっと強《つよ》い人間《にんげん》になるために、強《つよ》い部分《ぶぶん》が弱《よわ》い部分《ぶぶん》にとってかわってなにが悪《わる》い。はじめからそうしていれば、公《こう》、君《きみ》だって、こんなところにまでまよいこんでくることはなかった。俺《おれ》らが、強《つよ》い人間《にんげん》であったなら」

サノはぼくでなく、自分《じぶん》と同《おな》じ顔《かお》をしたイチを見《み》つめている。けれど、サノの言葉《ことば》の中《なか》には、ぼくがいる。ふたりは、ふたりしか見《み》ていないのに。

ぼくはいま一度《いちど》、心《こころ》の中《なか》で問《と》いかけた。

ぼくは誰《だれ》だ。

きみたちは、誰《だれ》だ。

サノは続《つづ》ける。

「ひとりのほうが悩《なや》まない。ひとりでなんでも決《き》められるからだ。悩《なや》まなければ、苦《くる》しくない。ただ、前《まえ》を向《む》いて進《すす》める」

サノが、ぐっと前《まえ》へ体《からだ》をかたむける。

「ウノ、お前《まえ》は俺《おれ》たちの弱《よわ》さだ」

その時《とき》だった。

サノが、前《まえ》へいきおいよく踏《ふ》み切《き》った。

あまりの速《はや》さに、ぼくは声《こえ》も出《だ》せなかった。

また、空気《くうき》が割《わ》れるのだろうか。ぼくはそう思《おも》って体《からだ》をちぢこまらせたが、そのあとすぐにおとずれた音《おと》は、ダンッとなにかがなにかにたたきつけられる大《おお》きな音《おと》だった。そして、

「サノ！」

と、その時《とき》、ぼくが思《おも》わずサノの名前《なまえ》を呼《よ》んでしまったのは、彼《かれ》を止《と》めたかったからではない。

逆《ぎゃく》だった。

ぼくは、サノの心配《しんぱい》を、した。

彼《かれ》の体《からだ》が、ぼくの上《うえ》を飛《と》んでいったから。

サノは、イチに向《む》かって跳《と》んだはずなのに、音《おと》が聞《き》こえたあと、ぼくの視界《しかい》から消《き》えたのはサノだった。

サノは、投《な》げ飛《と》ばされたのだ。

なにに？　誰《だれ》に？

けれど今《いま》はそれどころではない。ぼくは、そんな疑問《ぎもん》をおきざりにして、すぐにサノのもとへ駆《か》けよろうとした。あれだけのいきおいで飛《と》ばされたのだ。サノが無事《ぶじ》かどうか確《たし》かめなければ。

しかし、その時《とき》だった。ぼくの体《からだ》は、がくりとくずれ落《お》ちた。体《からだ》が右《みぎ》に大《おお》きくかたむき、右《みぎ》ひざを床《ゆか》に強《つよ》く打《う》ったかと思《おも》うと、ぼくはそのまま前《まえ》へつっぷしてしまう。

おかしい。右半身《みぎはんしん》に、力《ちから》が入《はい》らない。

世界《せかい》がぐるぐる、まわっている。

目《め》がまわる。世界《せかい》がまわる。

急《きゅう》に、なにもかもがわからなくなった。

気《き》を失《うしな》いそうなのに、失《うしな》えない。

永遠《えいえん》のめまい。

まさか、そんな。

すると、今度《こんど》は上《うえ》から、声《こえ》が落《お》ちてきた。

「脳《のう》にはね、可塑性《かそせい》っていう力《ちから》があるんだ」

その声《こえ》にすがるように、ぼくは、しびれる右手《みぎて》はそのままに、左半身《ひだりはんしん》だけに力《ちから》をこめて、顔《かお》を上《あ》げる。ぼやけた空気《くうき》の向《む》こう側《がわ》に、カラフルな影《かげ》が見《み》えた。

この色《いろ》は、誰《だれ》だっけ。

これは、誰《だれ》の声《こえ》だろう。

誰《だれ》とはなんだろう。

声《こえ》とは、なんだっけ。

「可塑性《かそせい》っていうのはつまり、変化《へんか》できるって意味《いみ》なんだけど、この力《ちから》のおかげで脳《のう》は、どこかをけがしてその部分《ぶぶん》の機能《きのう》を失《うしな》ってしまったとしても、ほかの部分《ぶぶん》を変化《へんか》させることで、その機能《きのう》をある程度回復《ていどかいふく》させることができる。失《うしな》ってしまった機能《きのう》を、ほかの部分《ぶぶん》に肩《かた》がわりさせることができるんだ。それはつまり、俺《おれ》がいなくなっても、サノやほかのみんなが俺《おれ》の能力《のうりょく》をつかえるようになるってことで……。それって、すごいことだよね。そう、俺《おれ》らはいつだって、ひとりひとり、なんにでも誰《だれ》にでもなれるくらい、すごい力《ちから》を持《も》ってるんだ。俺《おれ》らは、そして君《きみ》は、そのくらい、すごくすごく神秘的《しんぴてき》で、無限《むげん》の可能性《かのうせい》を持《も》った存在《そんざい》なんだよ」

のー？　のう？

なんの、はなし？

……。……。……。

ことばが。みえない。

「足《あし》がなければ手《て》で歩《ある》ける。手《て》がなくても、口《くち》でものを持《も》てる。生物《せいぶつ》は、なにかを失《うしな》ってもそのなにかを補《おぎな》える力《ちから》を、常《つね》にほかの部分《ぶぶん》に持《も》っているんだ。なにを失《うしな》っても、人《ひと》は補《おぎな》うことで生《い》きていける。それは、俺《おれ》らも同《おな》じ」

……。

みえない。ことば。

……。……。

「だから、サノの言《い》うとおり、俺《おれ》らは、こんなにたくさんいなくてもいいのかもしれない。いちばんうまくできる人《ひと》が、例《たと》えばサノが、ひとりで全部《ぜんぶ》の仕事《しごと》をしたほうがいいのかもしれない。確《たし》かにそうすれば、誰《だれ》かに邪魔《じゃま》されて悩《なや》むことはなくなるし、悩《なや》まなければ苦《くる》しまなくてすむ」

……くるしい。

……。

く、る、し……。い。

「でも、悩《なや》まない人《ひと》は、苦《くる》しまない人間《にんげん》は、強《つよ》くなれるかな。強《つよ》くなるってなんだろう。なんのために、強《つよ》くなるべきなんだろう。……わからない」

……。く、へ、し……。つ。

「でも俺《おれ》、どうして俺《おれ》らがいるのか、知《し》ってる。どうして俺《おれ》らが、こんなにたくさんいるのか。どうして、人間《にんげん》の脳《のう》がこんなに大《おお》きくなったのか。それは、いっぱい悩《なや》んだからだ」

い、こ？　ゐ、る……。

「生《い》きものは、ひとりきりなら強《つよ》くなる必要《ひつよう》はない。戦《たたか》う相手《あいて》も、守《まも》る相手《あいて》もいないから。強《つよ》くならなくていいなら、考《かん》えなくていい。脳《のう》は小《ちい》さくていい。ただ、生《い》きていればいい。でも、人間《にんげん》みたいにいろいろな動物《どうぶつ》の中《なか》で、いろいろな人間《にんげん》と生《い》きていくには、相手《あいて》を理解《りかい》したり助《たす》け合《あ》ったり、競争《きょうそう》したり、たまには裏切《うらぎ》ったりしないといけない。でも、助《たす》けるだけじゃ利用《りよう》されて終《お》わり。裏切《うらぎ》るだけじゃ、仲間《なかま》はずれにされて終《お》わり。常《つね》に考《かん》えて考《かん》えて、バランスをとらないと、人間《にんげん》は生《い》きられなくなった。だから、人間《にんげん》の脳《のう》は大《おお》きくなったんだ。ひとつの脳《のう》の中《なか》に、いろいろな自分《じぶん》が必要《ひつよう》になって、そのためのスペースをつぎ足《た》していくうちに大《おお》きくなった」

……。ひとり。みんな。ひとり。……。

「つまり人間《にんげん》の脳《のう》は、いろいろな動物《どうぶつ》や植物《しょくぶつ》、いろいろな人《ひと》といっしょに生《い》きるために、どうすればいいか悩《なや》んで、悩《なや》んで悩《なや》んで悩《なや》んだから、大《おお》きくなった。人《ひと》は、みんなといっしょにいたいから強《つよ》くなったんだ。サノが今《いま》、俺《おれ》を消《け》して、俺《おれ》以外《いがい》の邪魔《じゃま》なやつもみんな消《け》してひとりになったら、その一瞬《いっしゅん》は強《つよ》くなるかもしれない。でも、それ以上《いじょう》は強《つよ》くなれない。ひとりになったら、もう悩《なや》まないから。でも、これからも誰《だれ》かと戦《たたか》いたいなら、誰《だれ》かを守《まも》りたいなら、誰《だれ》かといっしょに生《い》きていきたいなら、きっと、俺《おれ》らはもっと強《つよ》くならなきゃならない。そのためには、いっぱい悩《なや》まないと。だから俺《おれ》は、これからも誰《だれ》かを消《け》したり、誰《だれ》かになりかわろうとしたりしないよ。俺《おれ》は俺《おれ》のまま、ずっと悩《なや》み続《つづ》ける。みんなといっしょにいたいから。まだ誰《だれ》も見《み》たことのない、強《つよ》さの向《む》こう側《がわ》を見《み》たいから」

……めまいが、落《お》ちついてきた。万華鏡《まんげきょう》のようにぼくの視界《しかい》の中《なか》で渦《うず》を巻《ま》いていた色《いろ》たちが、イチのかたちになる。そう、これはイチの声《こえ》だ。初《はじ》めて聞《き》いた、イチの声《こえ》。

「イチ、きみは……」

ぼくの声《こえ》は、まるで何十年《なんじゅうねん》ぶりかに空気《くうき》の中《なか》へ帰《かえ》ってきたかのようにかすれる。

遠《とお》くを見《み》ていたイチが、はっとしてぼくを見《み》た。それでぼくは、少《すこ》しずつ感覚《かんかく》がもどってきた右半身《みぎはんしん》に力《ちから》を入《い》れて、ゆっくり起《お》き上《あ》がろうとする。

そんなぼくにイチは、手《て》を貸《か》すことはなく、ただやわらかくほほえんだ。

「サノも、いつかそう思《おも》ってくれるといいな。根《ね》は強《つよ》くて、いいやつなんだ。だって、あいつも俺《おれ》であり、君《きみ》なんだからね。さ、そろそろあいつに言葉《ことば》を返《かえ》す時間《じかん》だ」

イチは、床《ゆか》に落《お》ちていたレンチをひろい上《あ》げる。無表情《むひょうじょう》な現実《げんじつ》が、イチのカラフルなポケットにすいこまれた。そして、イチの姿《すがた》が、すっと遠《とお》ざかる。

「待《ま》って、イチ、まだ聞《き》きたいことが……」

「しっ」

イチがそっと、自分《じぶん》の唇《くちびる》に人《ひと》さし指《ゆび》をあてる。遠《とお》くから、あの人《ひと》の声《こえ》がした。

「サノー！　公《こう》くーん！」

ぱたぱたと、軽《かる》い足音《あしおと》が近《ちか》づいてくる。イチは、その声《こえ》から隠《かく》れるように、そっとぼくのもとをはなれた。

視界《しかい》はもうゆれておらず、すでに落《お》ちつきをとりもどしている。ぼくはうつぶせにたおれた体勢《たいせい》のまま、ぼうっとその声《こえ》に見《み》つかるのを待《ま》った。

声《こえ》が、ぼくを見《み》つけるまで、そう時間《じかん》はかからなかった。

「公《こう》くん！」

血相《けっそう》を変《か》えたリョウが、髪《かみ》をふりみだしながら、ぼくのかたわらに駆《か》けつけてくれる。

「大丈夫《だいじょうぶ》？　どうしたの？　なにがあったの！」

「ぼくは、大丈夫《だいじょうぶ》。それより、サノが……」

ようやく思考《しこう》がはっきりとしてきて、ぼくはサノが飛《と》んでいったほうをふりかえった。リョウがばっと顔《かお》を上《あ》げる。

視線《しせん》の先《さき》ではサノが、壁《かべ》にだらりとせなかをあずけ、こうべをたれていた。髪《かみ》で表情《ひょうじょう》はよく見《み》えないが、どうやら血《ち》は出《で》ていないようだ。

「サノ！」

リョウが再《ふたた》び駆《か》け出《だ》す。サノの肩《かた》に手《て》をやり、体《からだ》を軽《かる》くゆする。すると、それを制《せい》するように、すぐにサノが右手《みぎて》を上《あ》げた。

「大丈夫《だいじょうぶ》。大丈夫《だいじょうぶ》だよ。ちょっと、気《き》を失《うしな》っていただけだ」

サノはうつむいていて、その表情《ひょうじょう》はぼくからは見《み》えない。けれど、その声《こえ》は思《おも》ったよりも、ずっとしっかりとしていた。

「本当《ほんとう》に？　本当《ほんとう》に大丈夫《だいじょうぶ》？　もう、なにがあったの、いったい！」

とりみだして、ヒステリックになっているリョウに、しかしサノは、うつむいたまま答《こた》えない。

それでリョウは、ばっとぼくをふりかえった。ばっちり目《め》が合《あ》ったが、ぼくだって、なんと答《こた》えればよいのかわからない。ぼくは、もごもごと言葉《ことば》にならない気持《きも》ちを口《くち》にしまいこむと、サノと同《おな》じく視線《しせん》を床《ゆか》に落《お》とす。

すると、リョウの瞳《ひとみ》が、イチに向《む》いたことが空気《くうき》のゆれでわかった。ぼくは思《おも》わず、下《さ》げたばかりの顔《かお》を上《あ》げる。

しかしイチは、これまでと同《おな》じく、ただやわらかな笑《え》みを浮《う》かべているばかりで、なにも答《こた》えない。

先《さき》ほどのイチの声《こえ》は、すべて夢《ゆめ》だったのだろうか。

「なんでもない。なんでもないんだ、リョウ」

サノから力《ちから》のない声《こえ》が飛《と》び立《た》つ。

「なんでもないわけないじゃない！」

リョウの声《こえ》が爆発《ばくはつ》する。

「わたしたちみんな、つながってるのよ！　急《きゅう》になにも考《かんが》えられなくなって、言葉《ことば》がなくなって……。サノになにかあったんだって、ショウもカイもモモも、みんな心《しん》配《ぱい》してる。ようやく落《お》ちついて、あわてて追《お》いかけてきてみたら、これよ！　ねえ、わたしはノウリョウよ。いつだって、サノとウノの間《あいだ》にいたの！　なにもわからないとでも思《おも》う？　馬鹿《ばか》にしないで！」

これまで聞《き》いたことのない、リョウの空気《くうき》をさくような声《こえ》が、ぼくらの間《あいだ》の空気《くうき》をビリビリゆらす。雷《かみなり》のようなその声《こえ》は、耳《みみ》からぼくの体《からだ》に入《はい》りこんでくる。あまりのはげしさに、感電《かんでん》してしまいそうだ。

そして、サノもきっと、リョウの声《こえ》で感電《かんでん》してしまったにちがいない。だから、だまっているのだ。でなければ、あんなに口数《くちかず》の多《おお》いサノが、ただだまっているなんてありえない。

サノは感電《かんでん》している。

ならば、しかたがない。

「本当《ほんとう》に、なんでもないんだよ」

と、その言葉《ことば》を口《くち》にしたのは、ぼくだった。

三人《にん》の目《め》が、ぱっとぼくのもとに集《つど》う。ぼくはあわてて、次《つぎ》の言葉《ことば》を探《さが》した。

「あの……。ほら、そう、またいつもの悪夢《あくむ》が出《で》て。あわてて退治《たいじ》してたら、サノがちょっとこけちゃって、ぼくもころんで、でも、イチががんばってくれて、ちょうどリョウが来《く》るちょっと前《まえ》に、たおしたところだったんだ」

いつもすました顔《かお》をして気《き》どっているサノが、こけただなんて、信《しん》じてもらえないだろうか。

けれど、サノは今《いま》、感電《かんでん》しているし、イチは言葉《ことば》を話《はな》さない。ならば、ぼくが考《かんが》えて、ぼくが伝《つた》えるしかないのだ。

それに、あながち、うそというわけではない。サノが失敗《しっぱい》して、ぼくがころんで、イチががんばった。

今《いま》、ぼくが見《み》たのは、そういう夢《ゆめ》だった。

そう確信《かくしん》すると、言葉《ことば》に力《ちから》が宿《やど》った。

「だから、もう大丈夫《だいじょうぶ》だよ」

その時《とき》、ぼくは初《はじ》めて、サノとイチが似《に》ていると思《おも》った。なにしろその時《とき》ふたりは、まったく同《おな》じ瞳《ひとみ》でぼくを見《み》つめていたのだ。

ただ、リョウだけは、寂《さび》しそうな顔《かお》をしていた。ぼくの言葉《ことば》を信《しん》じたとは思《おも》えない。きっと今《いま》の事件《じけん》が夢《ゆめ》でなかったことなど、リョウにはお見《み》とおしであるにちがいない。ふつうの悪夢《あくむ》とはちがったからこそ、リョウはこんなにも必死《ひっし》に飛《と》んできたのだ。

けれど、ぼくが大丈夫《だいじょうぶ》だと言《い》って、サノもイチもうなずけば、それが真実《しんじつ》になる。ずるいかもしれないけれど、それが前《まえ》に進《すす》むためであるならば、ぼくはずるくなりたかった。今《いま》、サノを守《まも》らなければ、あのプライドの高《たか》いサノの心《こころ》は、今度《こんど》こそ、壁《かべ》に打《う》ちつけられ、こなごなになってしまう。

それに、サノはもう同《おな》じことはくりかえさないと、ぼくはどこかでわかっていた。リョウがサノに駆《か》けよった時《とき》、サノはうめき声《ごえ》を上《あ》げるでもなく、すぐに返事《へんじ》をした。サノはきっとあの時《とき》、もう起《お》きていたのだ。起《お》きて、イチの話《はなし》を聞《き》いていた。サノが、それでどう思《おも》ったのかはわからない。でも、きっと……。

「もう大丈夫《だいじょうぶ》だよ」

ぼくがもう一度《いちど》言《い》うと、リョウはふうっとあきらめたように息《いき》をはいて、小《ちい》さな声《こえ》でつぶやいた。

「わかった」

そして、弱々《よわよわ》しくほほえむ。

「みんなが無事《ぶじ》なら、それでいいの」

そう言《い》って、リョウは先《さき》に立《た》って歩《ある》き出《だ》す。

「さあ、行《い》きましょ。きっと、連合長《れんごうちょう》も心配《しんぱい》してる」

そのせなかにぼくは、ごめんと心《こころ》の中《なか》で声《こえ》をかける。リョウの心《こころ》にあふれている寂《さび》しさが、まるで自分《じぶん》のもののように感《かん》じられた。

自分《じぶん》のもののように？

いや、そうではない。

これは、きっと……。

ぼくは、気合《きあい》を入《い》れるようにふっと強《つよ》く息《いき》をはき出《だ》すと、三人《にん》をぐるりと見《み》まわして言《い》った。

「待《ま》って、リョウ。その前《まえ》に、知《し》りたいことがあるんだ。確《たし》かめなきゃいけないことが、たくさんある。ようやく、ここがどこなのか、ぼくにも、わかったかもしれない」

リョウが、はっとふりむく。

「公《こう》くん……」

リョウは、言葉《ことば》を探《さが》している。しかし、それ以上《いじょう》の言葉《ことば》は見《み》つけられない。

それはそのはずだ。

ぼくたちの言葉担当《ことばたんとう》は、彼《かれ》なのだから。

ぼくは、いまだに壁《かべ》にもたれかかっている彼《かれ》に、ゆっくりと歩《あゆ》みよった。

そして、彼《かれ》に右手《みぎて》をさし出《だ》す。

「サノ、きみは……」

ぼくのかわいた声《こえ》が、続《つづ》きの言葉《ことば》を探《さが》すと、サノはゆっくりと顔《かお》を上《あ》げ、弱々《よわよわ》しい笑《え》みで、ぼくを見上《みあ》げた。あくしゅでもするかのように、そっとぼくの右手《みぎて》を右手《みぎて》でとる。

まるでこれこそが、ぼくとかわす初《はじ》めてのあいさつだとでもいうように。

そして、サノは言《い》った。

「そう、俺《おれ》は君《きみ》の左脳《さのう》だ」

第六章　謎《なぞ》ときの時《とき》

「サノ……ウ？」

ぼくは、聞《き》き慣《な》れないその言葉《ことば》を、音《おと》としてそのままくりかえす。サノはうなずいた。

「そう、左《ひだり》の脳《のう》と書《か》いて左脳《さのう》。正確《せいかく》には左大脳半球《ひだりだいのうはんきゅう》といって、脳《のう》の大脳《だいのう》という部分《ぶぶん》の左側《ひだりがわ》のことだ」

それから、サノはふっ、と笑《わら》う。

「人間《にんげん》の脳《のう》というものは、実《じつ》におもしろい。大《おお》きさとかたちは、こうしてにぎりこぶしをふたつ並《なら》べてみると想像《そうぞう》しやすく、重《おも》さは、一二〇〇グラムから一四〇〇グラムくらい。ふだんは、頭蓋骨《ずがいこつ》というかたい骨《ほね》の中《なか》にくしゃくしゃに折《お》りたたまれてしまわれているけれど、このしわをのばすと、新聞紙《しんぶんし》一枚《まい》ちょっとの大《おお》きさになるそうだよ。そして、このしわくしゃ度《ど》が高《たか》いほど、知能《ちのう》が高《たか》いと考《かんが》えられていて、人間《にんげん》はしわくしゃ度《ど》がとても高《たか》い。一方《いっぽう》ネズミはあんまりしわくしゃじゃないから、しわをのばしても十円玉《じゅうえんだま》くらいの大《おお》きさにしかならない。ただ皮肉《ひにく》にも、哺乳類《ほにゅうるい》の中《なか》でこのしわくしゃ度《ど》が人間《にんげん》よりもさらに高《たか》いのは、ネズミイルカという種類《しゅるい》の……」

サノは、まるで壊《こわ》れたラジオのように、そこまで一気《いっき》に話《はな》し続《つづ》けると、急《きゅう》にぴたりと口《くち》を閉《と》じた。そして、首《くび》をふる。ふーっと、長《なが》く息《いき》をはいた。

「ちがう、ちがうね。君《きみ》が聞《き》きたいのは、こんな知識《ちしき》の話《はなし》じゃない」

ぼくは、サノがゆっくりゆっくりと、心《こころ》を立《た》てなおすのを待《ま》って、そっとうなずく。

サノは、自分《じぶん》の胸《むね》に手《て》をおき、何度《なんど》か深呼吸《しんこきゅう》をすると、背筋《せすじ》をぴんとのばした。

「ただ、真実《しんじつ》の前《まえ》おきとして、この話《はなし》はさせてくれ。君《きみ》にこの知識《ちしき》がないと、話《はなし》が進《すす》まない」

サノの瞳《ひとみ》は今《いま》、初《はじ》めてぼくをしっかりと見《み》ている。だから、ぼくはうなずいた。

右脳《うのう》（右大脳半球《みぎだいのうはんきゅう》）
脳梁《のうりょう》
左脳《さのう》（左大脳半球《ひだりだいのうはんきゅう》）
間脳《かんのう》
扁桃体《へんとうたい》
海馬《かいば》
脳幹《のうかん》
小脳《しょうのう》

今度《こんど》こそ、サノはぐらかさない。そう、思《おも》った。

「人間《にんげん》の脳《のう》には、いろいろなパーツがあって、大《おお》きく分《わ》けると大脳《だいのう》、小脳《しょうのう》、間脳《かんのう》、脳幹《のうかん》に分《わ》けられる。脳幹《のうかん》は人間《にんげん》が生《い》きるために必要《ひつよう》な機能《きのう》、すなわち呼吸《こきゅう》や、血《ち》を体《からだ》にめぐらせることを担当《たんとう》していて、間脳《かんのう》も生命維持活動《せいめいいじかつどう》にとって重要《じゅうよう》な感覚《かんかく》や意《い》識《しき》レベルの調節《ちょうせつ》を担当《たんとう》しているから、広義《こうぎ》では脳幹《のうかん》の一部《いちぶ》とされることもある。小《しょう》脳《のう》は、平衡感覚《へいこうかんかく》や筋肉《きんにく》を調節《ちょうせつ》する担当《たんとう》だ。そして海馬《かいば》や扁桃体《へんとうたい》、脳梁《のうりょう》をふくむ大脳《だいのう》という部分《ぶぶん》には、いわゆる人間《にんげん》の知性《ちせい》と呼《よ》ばれるものがつまっていて、複雑《ふくざつ》な行動《こうどう》をこなすために必要《ひつよう》な機能《きのう》が、ふんだんにつめこまれている。人間《にんげん》の脳《のう》の八割《わり》が大脳《だいのう》で、その大脳《だいのう》の代表《だいひょう》が……」

サノが、また言葉《ことば》を切《き》った。しかし、今度《こんど》は一拍《ぱく》のち、きちんと続《つづ》きを口《くち》にする。

「俺《おれ》たちだ」

俺《おれ》たち。ぼくは一度目《いちどめ》を閉《と》じ、その言葉《ことば》が胸《むね》のあたりに染《し》みこむのを待《ま》つと、ゆっくりと目《め》をひらいた。そして、三人《にん》をひとりひとり、見《み》すえる。

それはつまり、サノ、イチ、リョウ。

するとリョウが、覚悟《かくご》を決《き》めたように前《まえ》に進《すす》み出《で》た。

「ずっと、だまっていて、ごめんなさい。サノの言《い》うとおり、わたしたちはあなたの脳《のう》の化身《けしん》なの」

それは、ぼくの予想《よそう》を大《おお》きく上《うわ》まわる答《こた》えだった。ぼくが、なんとなくわかった気《き》がしていた真実《しんじつ》は、もっとあいまいで、きちんとした名前《なまえ》のないものだったのだ。

「脳《のう》の、化身《けしん》って……」

ぼくは、自分《じぶん》の中《なか》の混乱《こんらん》を、そのまま口《くち》に出《だ》す。するとサノが、ぼくの混乱《こんらん》を言葉《ことば》の中《なか》にしまってくれた。

「君《きみ》は、ずっと自分《じぶん》の脳《のう》の中《なか》にいたんだ」

その言葉《ことば》が耳《みみ》に入《はい》ったその瞬間《しゅんかん》、ぼくの心臓《しんぞう》はばくんと、一度《いちど》大《おお》きくはずんだ。強《つよ》すぎる真実《しんじつ》が、ぼくの命《いのち》の中心《ちゅうしん》をはずませる。

ぼくは、思《おも》わず改《あらた》めて、あたりを見《み》まわした。見慣《みな》れてきていた木々《きぎ》の根《ね》。流《なが》れる光《ひかり》。暗《くら》がりの中《なか》で見《み》上《あ》げた光景《こうけい》は、まるではてしない夜空《よぞら》のようで、ぼくは急《きゅう》に、自分《じぶん》が宇宙《うちゅう》のまんなかにぽっかりと浮《う》かんでいるような感覚《かんかく》を覚《おぼ》えた。するとサノが、ぼくの視線《しせん》を追《お》うように説明《せつめい》する。

「この木々《きぎ》の本当《ほんとう》の名前《なまえ》は、ニューロン。ニューロンというのは、いろいろな情報《じょうほう》を脳内《のうない》でやりとりするために必要《ひつよう》な神経細胞《しんけいさいぼう》でね、こうして電気《でんき》を介《かい》して働《はたら》くんだ。この光《ひかり》を受《う》け取《と》ることで、俺《おれ》らはふだん、いろいろな情報《じょうほう》をやりとりしている。そして、俺《おれ》らは受《う》け取《と》った情報《じょうほう》を、自分《じぶん》たちの能力《のうりょく》をつかって処理《しょり》しているんだ」

ぼくはそれを聞《き》いて、サノがずっと大切《たいせつ》に持《も》ち歩《ある》いている大《おお》きな辞典《じてん》を見《み》た。するとリョウが、自分《じぶん》の髪《かみ》をそっとなでてから口《くち》をひらく。髪《かみ》かざりが、少《すこ》しだけゆれた。

「わたしたちが担当《たんとう》している大脳《だいのう》は、主《おも》に左半球《ひだりはんきゅう》と右半球《みぎはんきゅう》、つまり左脳《さのう》と右脳《うのう》に分《わ》かれているんだけど、基本的《きほんてき》に、言葉《ことば》に関《かん》することは、左脳《さのう》が処理《しょり》しているの。一方《いっぽう》で右脳《うのう》の、ある部分《ぶぶん》がダメージを受《う》けると、人《ひと》はメロディーをたどれなくなる。よく言《い》われる、左脳《さのう》が論理的《ろんりてき》、右脳《うのう》が芸術的《げいじゅつてき》っていう考《かんが》えは、ちょっとおおまかに分《わ》けすぎで、実際《じっさい》はどんな時《とき》も脳《のう》はみんなで働《はたら》いているんだけど、行動《こうどう》によって右脳《うのう》と左脳《さのう》の活躍度合《かつやくどあ》いに差《さ》が出《で》るのは本当《ほんとう》よ。ただそれも右利《みぎき》きの人《ひと》と左利《ひだりき》きの人《ひと》で差《さ》があるし、ほかにもいろいろ個人差《こじんさ》があるから、今《いま》、わたしたちがしている話《はなし》は、あくまで公《こう》くん、あなたの脳《のう》の話《はなし》」

リョウは一度《いちど》、息《いき》をつく。そして続《つづ》けた。

「大脳《だいのう》にはほかにもいろいろな組織《そしき》があって、わたしはその一部《いちぶ》。わたしは、あなたの脳梁《のうりょう》なの。左脳《さのう》と右脳《うのう》の間《あいだ》で、ふたつの脳《のう》の情報交換《じょうほうこうかん》を担当《たんとう》している部分《ぶぶん》よ」

ノウリョウ。悪夢《あくむ》が出《で》た時《とき》、リョウはいつもなにをしていたか。いや、悪夢《あくむ》が出《で》ていない時《とき》も、リョウはいつもそうだった。

「ふたりを、つなぐ係《かかり》……」

ぼくは、リョウの仕事《しごと》を改《あらた》めて言葉《ことば》にして、つぶやく。

ずっと元気《げんき》のなかったリョウが、少《すこ》しだけうれしそうにほほえんで、うなずいた。

「そう、ふたりが協力《きょうりょく》して、自分《じぶん》たちの力《ちから》を高《たか》め合《あ》えるように助《たす》ける係《かかり》。でも、わ

たしはずっと、力不足《ちからぶそく》だった」

せっかくもどったリョウの笑顔《えがお》が、またすっと消《き》える。サノも、視線《しせん》を落《お》とした。

それでぼくは、もうひとりの彼《かれ》を見《み》る。

「イチは、本当《ほんとう》はウノっていう名前《なまえ》だったんだね」

ぼくの言葉《ことば》に、イチはただほほえむ。イチはもう、言葉《ことば》を話《はな》さなかった。

先《さき》ほど、サノがイチにおそいかかった時《とき》、サノは一度《いちど》だけ、彼《かれ》をその名前《なまえ》で呼《よ》んだ。けれど思《おも》えば、ずっと前《まえ》からリョウは、何度《なんど》か彼《かれ》をその名前《なまえ》で呼《よ》びそうになっていた気《き》がする。

イチが、ショウのパラシュートをつかおうとした時《とき》。自分《じぶん》の部屋《へや》にもどってきて、急《きゅう》に駆《か》け出《だ》した時《とき》。イチを本気《ほんき》で心配《しんぱい》した時《とき》、リョウはいつも不自然《ふしぜん》に「う」という音《おと》を発《はっ》しては、のみこんでいた。そして、もちろん、先《さき》ほど異常《いじょう》を感《かん》じた際《さい》には、なりふりかまわず必死《ひっし》に走《はし》ってきて、サノとウノ、とその名前《なまえ》をそれぞれ、ためらわずに呼《よ》んだ。

そう、リョウはいつだって、ふたりのために必死《ひっし》だった。これまでのサノとイチの関係《かんけい》がどのようなものだったにしろ、リョウが悪《わる》いということはきっと、ない。リョウだけが悪《わる》いということはない。そう、思《おも》った。

「ウノはスペイン語《ご》で、数字《すうじ》の1《いち》を意味《いみ》するからね。君《きみ》が起《お》きる前《まえ》に、俺《おれ》がとっさに呼《よ》び名《な》を変《か》えたんだ。君《きみ》には、ウノの名前《なまえ》をふせておこうと、俺《おれ》がふたりに提案《ていあん》した。リョウはまだしも、サノとウノじゃあまりにそのままで、君《きみ》が俺《おれ》らの正体《しょうたい》にすぐに勘《かん》づくおそれがあったからね」

サノが白状《はくじょう》する。

「勘《かん》づいちゃ、まずかったの？」

「俺《おれ》にとってはね。事故《じこ》が起《お》こった時《とき》、俺《おれ》はこれを機《き》に、この脳内《のうない》を改革《かいかく》しようと思《おも》った。左脳右脳《さのううのう》の区分《くぶん》をなくして、邪魔《じゃま》な機能《きのう》を排除《はいじょ》して、もっと強《つよ》い脳《のう》につくりかえようと思《おも》ったんだ。だから、君《きみ》には今《いま》の俺《おれ》たちのことは知《し》らずにいてほしかった。俺《おれ》がつくり変《か》えた新《あたら》しいかたちのほうだけ、知《し》ってもらいたいと思《おも》った。君《きみ》は、俺《おれ》らと外《そと》の世界《せかい》をつなぐ、唯一《ゆいいつ》のかけ橋《はし》だから」

「サノ……」

リョウも、サノの計画《けいかく》を、今《いま》、初《はじ》めて聞《き》いたのだろう。サノにかけるべき言葉《ことば》を探《さが》しあぐねて、声《こえ》が不安《ふあん》と後悔《こうかい》にぬれている。

ぼくは、ごくりとつばをのんだ。

「じゃあぼくは、ただ偶然《ぐうぜん》、記憶迷宮《きおくめいきゅう》にまよいこんだ精神体《せいしんたい》ってわけじゃ、ないんだね」

サノがうなずく。

「ああ、記憶迷宮《きおくめいきゅう》も、根《ね》っこの話《はなし》も全部《ぜんぶ》、君《きみ》から真実《しんじつ》を隠《かく》すための、俺《おれ》の作《つく》り話《ばなし》だ。そんなものは、そもそも存在《そんざい》しない。知《し》ってるかい？　人《ひと》がうそをつく時《とき》は、ね、左脳《さのう》が活発《かっぱつ》に働《はたら》くんだ。うそがちゃんと機能《きのう》するように、論理的《ろんりてき》に考《かん》えなければならないからね。俺《おれ》は言葉《ことば》の担当《たんとう》で、論理《ろんり》の担当《たんとう》で、うそつきの担当《たんとう》さ」

と、サノは自分《じぶん》をあざ笑《わら》うかのようにかわいた笑《わら》い声《ごえ》をもらす。

しかし、すぐにそのつらそうな横顔《よこがお》を隠《かく》すように、ぼくをまっすぐに見《み》つめた。

「君《きみ》の本当《ほんとう》の存在《そんざい》の名前《なまえ》は、クオリア。この体《からだ》の、俺《おれ》らの脳《のう》の、精神《せいしん》そのものだよ」

「クオ……リア？」

「かんたんにいえば、なにかを見《み》た時《とき》、聞《き》いた時《とき》に感《かん》じる、その『感《かん》じ』のことだね」

「感《かん》じ？」

「そう。とげが指《ゆび》にささった時《とき》に気《き》づく痛《いた》いという感《かん》じ。赤《あか》いバラの花《はな》を見《み》て、赤《あか》いと感《かん》じるその感《かん》じ。きれいと思《おも》う感《かん》じ。ひとりでいる時《とき》に寂《さび》しいと思《おも》う感《かん》じ。ありがとうと言《い》われてうれしい感《かん》じ。そういうすべての『感《かん》じ』が、君《きみ》だ。このまわりのニューロンを見《み》てわかるとおり、人間《にんげん》が、目《め》や耳《みみ》から受《う》け取《と》る情報《じょうほう》は、最初《さいしょ》はあくまで電気信号《でんきしんごう》でしかない。その情報《じょうほう》を、俺《おれ》らが処理《しょり》して生《う》まれるものが感覚《かんかく》で、意志《いし》で、つまり君《きみ》なんだ。俗《ぞく》にいう、心《こころ》というものに近《ちか》いかもしれないね」

ぼくは、改《あらた》めて自分《じぶん》の体《からだ》をながめる。両手《りょうて》で、自分《じぶん》の顔《かお》をつつんだ。ずっと鏡《かがみ》を見《み》ていないけれど、ぼくはいったい、どんな顔《かお》をしているのだろうか。サノたちに似《に》ているのだろうか。それとも、まったくちがう顔《かお》なのだろうか。

こころ。

ぼくが、心《こころ》？

わけがわからなくなり、ぼくは顔《かお》にやった手《て》で、そのまま頭《あたま》をかかえる。

「……いや、でも、待《ま》ってよ。サノたちがぼくの脳《のう》そのものだっていうなら、ここにいるぼくの脳《のう》は今《いま》、どうなってるわけ？」

混乱《こんらん》するぼくの手《て》を、リョウがそっととった。

「ごめんね。わけがわからないよね。えっと、あのね、今《いま》までは説明《せつめい》しやすいように、『あなたの脳《のう》』っていう言《い》い方《かた》をしてきちゃったんだけど、厳密《げんみつ》にいうと、公《こう》くんもわたしたちと同《おな》じ、脳《のう》の機能《きのう》のひとつなの。わたしたちといっしょに、ひとりの人間《にんげん》の脳《のう》をつくってる。ただ公《こう》くんは、わたしたちとちがって、特定《とくてい》の脳《のう》の場所《ばしょ》を担当《たんとう》しているわけじゃなくて、サノの言《い》うとおり、わたしたちが考《かんが》えて出《だ》した答《こた》えを外《そと》に運《はこ》ぶ郵便屋《ゆうびんや》さんなのよ。なにかをしようと思《おも》う時《とき》、脳《のう》のどの部分《ぶぶん》が、どの情報《じょうほう》をどのくらいつかうべきか、わたしたちが考《かんが》えた答《こた》えを、これまでずっと、公《こう》くんが外《そと》の世《せ》界《かい》に運《はこ》んでくれていたの」

サノがうなずく。

「君《きみ》を主人公《しゅじんこう》と呼《よ》んだのは、そういうわけさ。君《きみ》はずっと、俺《おれ》らが毎日懸命《まいにちけんめい》につむぎ出《だ》した答《こた》えを乗《の》せて走《はし》る、俺《おれ》らの代表者《だいひょうしゃ》だった」

「でも、そんなの、ぼくは知《し》らない……」

「それはそうさ、君《きみ》は無自覚《むじかく》だった。呼吸《こきゅう》をするたび、宿題《しゅくだい》をするたび、走《はし》り出《だ》すたびに、いちいち脳《のう》をどのくらいつかうか考《かん》えていたら、人間《にんげん》のもろい精神《せいしん》なんて、あっという間《ま》に壊《こわ》れてしまうからね。本来《ほんらい》、君《きみ》は俺《おれ》らとこうして話《はなし》をするべき存在《そんざい》じゃなく、俺《おれ》らとはちがう空間《くうかん》で俺《おれ》らの出《だ》す答《こた》えを待《ま》っているべき存在《そんざい》。だからこそ、俺《おれ》らが答《こた》えを出《だ》す前《まえ》にここに来《き》てしまった君《きみ》はからっぽで、記憶喪失《きおくそうしつ》のような状態《じょうたい》なんだ」

「でも今《いま》、ぼくはここにいて、君《きみ》たちと話《はな》している……」

事故《じこ》が、あったから。

サノはうなずいた。

「そう、事故《じこ》があった時《とき》、ここは今《いま》までにないゆれを経験《けいけん》した。すごく大《おお》きな地震《じしん》のようなゆれで、俺《おれ》らも一瞬《いっしゅん》、なにが起《お》こったのかわからなかった。そして、気《き》がついた時《とき》にはもう、君《きみ》はここにまよいこんで来《き》ていて、それであの時《とき》、俺《おれ》らはあわてて君《きみ》のもとへ駆《か》けつけたんだ」

ぼくは、ぼくが最初《さいしょ》に目覚《めざ》めたあの暗《くら》い通路《つうろ》に、三人《にん》が駆《か》けこんできた時《とき》のことを思《おも》い出《だ》す。

サノは続《つづ》けた。

「君《きみ》がクオリアだということは、すぐにわかったよ。これまで君《きみ》とはこのニューロンをつかってやりとりするだけだったから、君《きみ》の姿自体《すがたじたい》は見《み》たことはなかったけれど、俺《おれ》らはいつだってつながっていたからね、君《きみ》の存在《そんざい》にはおどろかなかった。ただ、君《きみ》が本来《ほんらい》いるべきではないこの場所《ばしょ》に、たおれた状態《じょうたい》で現《あらわ》れた、ということには俺《おれ》らもあせった。この脳《のう》で異常事態《いじょうじたい》が起《お》こっている、という証拠《しょうこ》のようなものだったし、君《きみ》が死《し》んでしまったら、俺《おれ》らはもう、外《そと》になにも出《だ》せなくなってしまうからね。でも、君《きみ》は起《お》きてくれた。それで俺《おれ》らも、なんとか君《きみ》を元《もと》の場所《ばしょ》にもどして意識《いしき》をとりもどそう、と思《おも》うことができたんだよ」

リョウが、力強《ちからづよ》くうなずく。

「本当《ほんとう》はね、わたしたちの体《からだ》は今《いま》、病院《びょういん》のベッドで眠《ねむ》っているの。でも、見《み》てのとおり、わたしたち脳《のう》は起《お》きている。公《こう》くんが、わたしたちと話《はな》しているということ、本当《ほんとう》はそれ自体《じたい》が夢《ゆめ》みたいなものなのかもしれない。そう、あのね、公《こう》くん。脳《のう》は体《からだ》が寝《ね》ていても働《はたら》いていていて、だから私《わたし》たちは夢《ゆめ》を見《み》るのよ」

「夢《ゆめ》？」

夢《ゆめ》と聞《き》いて、ぼくはあの巨大《きょだい》ライオンや終《お》わらない闇《やみ》、無数《むすう》の仮面《かめん》のことを思《おも》い出《だ》す。思《おも》い出《だ》して、ぶるりとふるえた。その姿《すがた》を見《み》て、サノが少《すこ》しおかしそうに、くすっと笑《わら》う。

「これまでの悪夢《あくむ》をへて、君《きみ》の中《なか》で夢《ゆめ》はおそろしいものになってしまったようだね。

ただ、安心《あんしん》してくれ。本来《ほんらい》、夢《ゆめ》というものは、俺《おれ》らの味方《みかた》。寝《ね》ている間《あいだ》に、俺《おれ》らを強《つよ》くしてくれる、成長《せいちょう》プログラムなんだ」

「成長《せいちょう》プログラム？」

「そう。そもそも睡眠《すいみん》は、ただの休息時間《きゅうそくじかん》じゃない。俺《おれ》らにとっては、貴重《きちょう》な仕事《しごと》の時間《じかん》でね、体《からだ》が眠《ねむ》ってよぶんな情報《じょうほう》が入《はい》ってこないその睡眠中《すいみんちゅう》に、俺《おれ》らはせっせとその日《ひ》に手《て》に入《い》れた新《あたら》しい記憶《きおく》を整理《せいり》しているんだ」

リョウがうなずく。

「そうなの。人《ひと》の記憶《きおく》はまず、カイが担当《たんとう》している海馬《かいば》っていう部分《ぶぶん》に集《あつ》まるんだけど、カイがそこで記憶《きおく》を、いる記憶《きおく》といらない記憶《きおく》に仕分《しわ》けしてくれるの。感情担《かんじょうたん》当《とう》の扁桃体《へんとうたい》、モモの意見《いけん》を聞《き》きながらね。で、その必要《ひつよう》な記憶《きおく》の中《なか》でも特《とく》に大切《たいせつ》な記《き》憶《おく》は、わたしたちが引《ひ》きついで、長期記憶《ちょうききおく》っていう長《なが》い間覚《あいだおぼ》えておける記憶《きおく》にするの。カイたちの部屋《へや》においておけるのは、ここ二、三年《ねん》の記憶《きおく》がせいいっぱいだから……。それでさっき、公《こう》くんにも手伝《てつだ》ってもらって、カイたちの部屋《へや》から、わたしたちのところに記憶《きおく》を運《はこ》んだのよ」

それでぼくは、先《さき》ほど運《はこ》んだ段《だん》ボール箱《ばこ》のことをぼんやりと思《おも》い出《だ》す。しかし、サノはぼくの反応《はんのう》を待《ま》たずに、すぐに続《つづ》けた。

「そう、そういう記憶《きおく》の定着作業《ていちゃくさぎょう》のために睡眠《すいみん》がある。だから、その時間《じかん》を捻出《ねんしゅつ》するために、カンノ……さっき話《はな》した間脳《かんのう》という部分《ぶぶん》の担当者《たんとうしゃ》が、毎日意識《まいにちいしき》レベルを調節《ちょうせつ》して睡眠状態《すいみんじょうたい》をつくってくれているんだ。ただ、体《からだ》が眠《ねむ》っているその間《あいだ》に、ミキという脳幹《のうかん》をつかさどっているやつが眼球《がんきゅう》を動《うご》かす指令《しれい》を出《だ》すと、その動《うご》きに刺《し》激《げき》された脳《のう》の視覚野《しかくや》という場所《ばしょ》が、物《もの》を見《み》るモードに入《はい》る。けどむろん、体《からだ》は目《め》をつむったままだから、現実世界《げんじつせかい》を見《み》るわけにもいかず、だから俺《おれ》らはそのかわりに、例《れい》の整理途中《せいりとちゅう》の記憶《きおく》を見《み》ることになるんだ。これが、夢《ゆめ》という現象《げんしょう》のからくりさ」

サノはぼくと同《おな》じ脳《のう》の一部《いちぶ》とはとても思《おも》えないほど、難《むずか》しい言葉《ことば》をつかう。ぼくはくらくらしてきた頭《あたま》を押《お》さえながら、とりあえず、頭《あたま》の中《なか》に大《おお》きな映画《えいが》用《よう》のスクリーンがある状況《じょうきょう》を想像《そうぞう》してみることにした。サノは続《つづ》ける。

「そして、その夢《ゆめ》の材料《ざいりょう》である記憶《きおく》は、カイとモモが選《えら》ぶ。ふつうは、ただたまま手元《てもと》にあった記憶《きおく》を適当《てきとう》につなげるだけらしいけど、大《おお》きく感情《かんじょう》をゆさぶられるようなことがあった日《ひ》なんかは、モモがその感情《かんじょう》にとらわれて、勝手《かって》にその記憶《きおく》を選《えら》ぶらしい。ただそういう時《とき》はだいたいモモがさっきみたいに荒《あ》れてるから、記憶《きおく》が散《ち》らかって、結局《けっきょく》はその記憶《きおく》もほかの記憶《きおく》とごちゃまぜになる。だから夢《ゆめ》は、支離《しり》滅裂《めつれつ》になりやすいんだ」

サノはやれやれと首《くび》をふる。

「で、そんなでたらめな記憶《きおく》の羅列《られつ》に意味《いみ》をつけてストーリーをつくってやってるのが、俺《おれ》たち大脳《だいのう》だ。カイたちが投《な》げてくる一貫性《いっかんせい》のない記憶《きおく》たちに、なんとかつながりを見《み》いだして、ひとつの夢《ゆめ》としてまとめあげている」

つまり、脳《のう》が映画館《えいがかん》だとしたら、映画《えいが》のデータを持《も》っているのがカイこと海馬《かいば》、データ選《えら》びに口《くち》を出《だ》すのがモモこと扁桃体《へんとうたい》、映写機《えいしゃき》のスイッチを持《も》っているのが、まだ姿《すがた》を見《み》たことのないミキ、すなわち脳幹《のうかん》という部分《ぶぶん》なのだろう。そして、映画館《えいがかん》を作《つく》り出《だ》す会場担当《かいじょうたんとう》がカンノこと間脳《かんのう》で、映画自体《えいがじたい》のストーリーを編集《へんしゅう》しているのが、サノたち大脳《だいのう》という部分《ぶぶん》、ということなのだろうか。

そうしてつくられた映画《えいが》が、夢《ゆめ》。

と、なんとか理解《りかい》したつもりになって納得《なっとく》していると、リョウがぴんと人《ひと》さし指《ゆび》を立《た》てながら、今《いま》の夢映画館《ゆめえいがかん》に登場《とうじょう》しなかったもうひとりの人物《じんぶつ》のことを思《おも》い出《だ》させてくれる。

「それと、夢《ゆめ》にはあんまり関係《かんけい》ないけど、ショウは平衡感覚《へいこうかんかく》や筋肉《きんにく》を調節《ちょうせつ》する小脳《しょうのう》の担当《たんとう》。わたしたちが、まっすぐ歩《ある》けるのはショウのおかげよ。ショウがいないと酔《よ》っぱらいみたいな歩《ある》き方《かた》になっちゃうし、スポーツや楽器演奏《がっきえんそう》みたいな複雑《ふくざつ》な動《うご》きもできなくなっちゃうの」

リョウの言葉《ことば》に、サノがうなずいて続《つづ》ける。

「ちなみに、鳥《とり》みたいに空《そら》を飛《と》ぶ動物《どうぶつ》は、小脳《しょうのう》がすごく発達《はったつ》しているんだ。飛《と》ぶためには、すごく繊細《せんさい》な平衡感覚《へいこうかんかく》が必要《ひつよう》だからね」

そう言《い》われてぼくは、あの小《ちい》さな部屋《へや》で、たくさんの飛行機《ひこうき》にかこまれながら、元気《げんき》に夢《ゆめ》を見《み》ていた少年《しょうねん》のことを思《おも》い出《だ》す。

あの時《とき》、思《おも》えばショウは、ぼくを見《み》てきょとんとしていた。本当《ほんとう》はあの時《とき》、ショウにはぼくが誰《だれ》なのかちゃんとわかっていたのだろう。それを、リョウとサノが無理《むり》やりごまかした。きっと、ショウの部屋《へや》を二手《ふたて》に分《わ》かれてかたづけはじめた際《さい》、ショウがぼくからはなれたすきに、リョウがショウにいろいろ説明《せつめい》したのだ。例《たと》えば、ウノをイチと呼《よ》ぶように、とか。

そこまで思《おも》い出《だ》すと、ぼくは、イチことウノに視線《しせん》をやり、腰《こし》にさげられているトランペットをながめた。頭《あたま》の中《なか》で夢映画館《ゆめえいがかん》が完成《かんせい》したのはよしとして、しかし結局《けっきょく》、その映画《えいが》の内容《ないよう》については不満《ふまん》が残《のこ》る。そして、ぼくのその不満《ふまん》は、そのまま声《こえ》ににじみ出《で》た。

「ええっと、寝《ね》るのが記憶《きおく》の整理《せいり》のために必要《ひつよう》なのはわかったけど、それで結局《けっきょく》、なんで夢《ゆめ》が必要《ひつよう》なの？　記憶《きおく》の整理《せいり》で忙《いそが》しいなら、わざわざ夢《ゆめ》なんてつくらなきゃいいのに」

確《たし》かに寝《ね》ている間《あいだ》に記憶《きおく》を整理《せいり》してもらえることはありがたいけれど、ならばその整理《せいり》に集中《しゅうちゅう》してもらいたい。忙《いそが》しい中《なか》、なにも無理《むり》してまで、トランペット大砲《たいほう》やペンの剣《けん》をふりまわさなくてよいのではないだろうか。

すると、調子《ちょうし》をとりもどしてきたらしいサノが、大《おお》げさな身《み》ぶりで首《くび》をふる。

「いやいや、まあ、確《たし》かにタイミングを考《かんが》えてもらいたいという点《てん》に関《かん》しては同意《どうい》するけど、夢自体《ゆめじたい》を否定《ひてい》してもらっちゃこまるよ。なにせ夢《ゆめ》は、さっきも言《い》ったとおり、とてもすばらしい成長《せいちょう》プログラムなんだからね」

と、サノは、なにやらもったいぶった口調《くちょう》をたずさえて、一歩前《いっぽまえ》へ進《すす》み出《で》る。

「記憶《きおく》の整理《せいり》をしていると、その過程《かてい》で昔《むかし》のいやな記憶《きおく》やいい記憶《きおく》、こわかった記《き》憶《おく》や楽《たの》しかった記憶《きおく》に出《で》くわすことになる。そこである時俺《ときおれ》らは思《おも》ったわけさ、せっかくそういう記憶《きおく》を思《おも》い出《だ》すなら、それをただなつかしむだけじゃなくて、現実世界《げんじつせかい》をよりよく生《い》きるための予習復習《よしゅうふくしゅう》につかってやろうってね。それで俺《おれ》らは、記憶《きおく》を成長《せいちょう》プログラムに仕立《した》てる、夢《ゆめ》というシステムをつくり出《だ》した。君《きみ》がこれまで参加《さんか》してきた例《れい》の悪夢退治《あくむたいじ》も、そのひとつだよ。まあ記憶整理《きおくせいり》の片手間《かたてま》にやっていることだから、多少《たしょう》つくりは雑《ざつ》で内容《ないよう》の完成度《かんせいど》は低《ひく》くなりがちだけど、夢《ゆめ》をつくり出《だ》すことで、俺《おれ》らは実際《じっさい》、ふたつの効果《こうか》を得《え》ているんだ」

と、サノは、まるでV《ブイ》サインでもするかのように、指《ゆび》を二本《ほん》たてる。

「ひとつは、危険回避《きけんかいひ》のシミュレーション効果《こうか》。悪夢退治《あくむたいじ》で得《え》られる効果《こうか》が、これだよ。ああやって、いやな記憶《きおく》やこわい記憶《きおく》を夢《ゆめ》の中《なか》で退治《たいじ》すると、次《つぎ》に現実世界《げんじつせかい》で似《に》たような状況《じょうきょう》に出《で》くわした時《とき》、その対処《たいしょ》がうまくなるんだ。要《よう》はまあ、イメージトレーニングってとこかな」

サノはそのまま得意《とくい》げに続《つづ》ける。

「もうひとつの効果《こうか》は、ストレス解消効果《かいしょうこうか》。現実世界《げんじつせかい》でいやなことが続《つづ》いても、いい夢《ゆめ》を見《み》れば、少《すこ》しは気分《きぶん》が落《お》ちつくだろ？　ふて寝《ね》のあと、少《すこ》し心《こころ》が軽《かる》くなっているのは、この効果《こうか》のおかげだよ。君《きみ》が夢自体《ゆめじたい》を覚《おぼ》えていなくても、俺《おれ》らがいい記憶《きおく》を材料《ざいりょう》に、楽《たの》しい夢《ゆめ》をつくって、心《こころ》を休《やす》ませてやってるんだ」

ところどころで、サノの言葉《ことば》の端々《はしばし》が、自分《じぶん》たちに感謝《かんしゃ》してほしいとうったえている。でもぼくは、いまいち感謝《かんしゃ》する気《き》になれない。

「そのわりには、ぼくが今《いま》まで出会《であ》った夢《ゆめ》にいい夢《ゆめ》なんてなかったけど……。現実世《げんじつせ》界《かい》のぼくは、毎日《まいにち》あんな巨大《きょだい》ライオンと戦《たたか》う練習《れんしゅう》をしなきゃいけないほど危険《きけん》な生《せい》活《かつ》をしてるわけ？」

巨大《きょだい》ライオン、終《お》わらない闇《やみ》、仮面軍団《かめんぐんだん》。今《いま》まで出《で》てきた夢《ゆめ》に、いい夢《ゆめ》などひとつもなかった。そして、百歩《ひゃっぽ》ゆずってそれはいいとして、たとえ、ぼくたちの体《からだ》がサバンナか、はたまた動物園《どうぶつえん》の檻《おり》の中《なか》で暮《く》らしていたとしても、出会《であ》うライオンの頭《あたま》の数《かず》はひとつなのではないだろうか。それとも、ぼくはあんな怪物《かいぶつ》がうようよしているような星《ほし》に生息《せいそく》する宇宙人《うちゅうじん》か。

「それは、俺《おれ》に言《い》われてもこまる。さっきも言《い》ったとおり、材料調達《ざいりょうちょうたつ》はカイとモモの担当《たんとう》なんでね、夢《ゆめ》のいい悪《わる》いは俺《おれ》らには選《えら》べない。けど、カイはあのとおり記憶《きおく》の

整理業務《せいりぎょうむ》が忙《いそが》しすぎて、夢《ゆめ》づくりのほうは適当《てきとう》にすませがちだし、モモにいたっては、あのとおり臆病《おくびょう》だからね、なかなかいい夢《ゆめ》の材料《ざいりょう》になるような記憶《きおく》を選《えら》んでくれないのさ。さっきだって、大方《おおかた》、事故《じこ》で散《ち》らかった記憶《きおく》の中《なか》から、たまたま前《まえ》に映画《えいが》かゲームで見《み》かけた巨大《きょだい》ライオンを見《み》つけて、おどろいてこっちに投《な》げてきたんだろう。まあでも必要《ひつよう》なのは、こわい記憶《きおく》をやっつけたっていう達成感《たっせいかん》と、そこから生《う》まれる、困難《こんなん》に立《た》ち向《む》かうための自信《じしん》だからね、内容《ないよう》はリアルでなくてもいいし、俺《おれ》らがああやってがんばれば、悪夢《あくむ》も悪夢《あくむ》をたおせたといういい夢《ゆめ》になる。とはいえ……」

サノが一度《いちど》言葉《ことば》を切《き》り、遠《とお》くを見《み》つめる。少《すこ》し、声《こえ》が暗《くら》くなった。

「君《きみ》が文句《もんく》を言《い》いたくなる気持《きも》ちもわかるよ。君《きみ》がここにやってくる前《まえ》から、俺《おれ》たちはひどい悪夢《あくむ》ばかり見《み》ていた。モモが異常《いじょう》にこわがりで、たいしてこわくないことも、必要以上《ひつよういじょう》に大《おお》ごとにして、毎日《まいにち》さわいでいたせいでね」

サノはうつむく。

「扁桃体《へんとうたい》が、けがや病気《びょうき》でダメージを受《う》けると、人《ひと》はどうなると思《おも》う？　人見知《ひとみし》りをしなくなるんだ。知《し》らない人間《にんげん》というものに恐怖《きょうふ》を覚《おぼ》えなくなるから、誰《だれ》にでも友達《ともだち》のように親《した》しく接《せっ》することができるようになる。それはつまり、人《ひと》と打《う》ちとけることに時間《じかん》をつかわなくてすむということで、扁桃体《へんとうたい》さえなければ、そういう無駄《むだ》な時間《じかん》を過《す》ごさずに、いろいろな人間《にんげん》とすぐに情報交換《じょうほうこうかん》できるようになる。実《じつ》に効率《こうりつ》的《てき》な生《い》き方《かた》ができると、そう、思《おも》った」

サノのそのつぶやくような言葉《ことば》に、ぼくはなんと言《い》っていいかわからず、口《くち》をつぐんだ。あんなに必死《ひっし》に生《い》きているようすのモモを否定《ひてい》したくはなかったけれど、その考《かんが》えを口《くち》にするサノの横顔《よこがお》はなんだかつらそうで、サノのその言葉《ことば》を、ぼくは止《と》められなかったのだ。

そしてリョウも、ぼくのとなりでしばらく、ぼくと同《おな》じような顔《かお》をしていたけれど、やがて、つくったような明《あか》るい声《こえ》とともに、ばしっとサノの右肩《みぎかた》をたたいた。

「なに言《い》ってるの、サノ。そんなことになったら、本当《ほんとう》に危険《きけん》な人《ひと》にも、ほいほいついていっちゃうことになるのよ。命《いのち》がいくつあっても足《た》りないじゃない」

「そこは、俺《おれ》の知恵《ちえ》で切《き》りぬければいいと思《おも》ってたんだ。感情《かんじょう》にさえ邪魔《じゃま》されなければ、もっと冷静《れいせい》にものごとを考《かんが》えられると思《おも》っていたからね。でも今《いま》は、それがひどくうすっぺらい考《かんが》え方《かた》だったと、わかるよ。自分《じぶん》が目指《めざ》していたものが、いかにちっぽけなことだったのか……」

サノが、意味《いみ》ありげな視線《しせん》をウノに向《む》ける。ウノは、小《ちい》さな声《こえ》で鼻歌《はなうた》を歌《うた》っていて、サノを見《み》てはいなかった。そして、そんなサノとウノを見《み》て、リョウが口《くち》をひらきかけたので、ぼくはあわてて間《あいだ》に入《はい》る。

リョウがそれを知《し》るべきは、今《いま》ではない。きっと、サノにはもう少《すこ》し、時間《じかん》が必要《ひつよう》だろう。そう、思《おも》った。

だから、ぼくは言《い》った。

「ええっと、じゃあ結局《けっきょく》、なんだっけ？　記憶迷宮《きおくめいきゅう》なんてなくて、ぼくはきみらと同《おな》じ人間《にんげん》の脳《のう》の一部《いちぶ》で……。あれ、でも、なら、ぼくらは結局《けっきょく》、今《いま》、どこに向《む》かってるわけ？　迷宮《めいきゅう》じゃないなら、出口《でぐち》なんてないんじゃ……」

リョウの注意《ちゅうい》をサノたちからそらそうとして走《はし》り出《だ》したぼくの言葉《ことば》が、途中《とちゅう》から、予想《よそう》していなかったゴールに向《む》かっていく。サノが、うなずいた。

「そう。正直《しょうじき》、俺《おれ》らも君《きみ》をどうしたら元《もと》の場所《ばしょ》へもどせるのか、わからない。ただ唯一《ゆいいつ》、その方法《ほうほう》を知《し》っているかもしれないのが、今《いま》から会《あ》いにいこうとしている、連《れん》合長《ごうちょう》だ。俺《おれ》らのリーダーみたいな存在《そんざい》で、でも、連合長《れんごうちょう》も君《きみ》がここにいることをわかっているはずなのに、ずっと連絡《れんらく》がとれていないのが問題《もんだい》でね。あの事故《じこ》で、連合《れんごう》長《ちょう》がたおれた、とかじゃなきゃいいけど……。まあとにかく、行《い》って確《たし》かめてみるしかないな」

サノは、その自分《じぶん》の言葉《ことば》が合図《あいず》になったかのように、道《みち》の先《さき》に目《め》をやる。今《いま》にも出発《しゅっぱつ》しそうなサノに、ぼくはあわてた。

「ちょっと、待《ま》って。いちばん重要《じゅうよう》なこと、まだ聞《き》いてない」

サノが、複雑《ふくざつ》な表情《ひょうじょう》を浮《う》かべてふりかえる。また、自分《じぶん》で考《かんが》えろと怒《おこ》られるだろうか。いや、それでもいい。

「ここは記憶迷宮《きおくめいきゅう》じゃない。でも、ぼくがここにまよいこんだのは、ぼくらの体《からだ》をおそった事故《じこ》がきっかけだった。そして、ぼくらの体《からだ》は今《いま》、病院《びょういん》のベッドで寝《ね》てる……」

ぼくは、事実《じじつ》を復習《ふくしゅう》するようにくりかえす。

いよいよ、核心《かくしん》にふれる質問《しつもん》を口《くち》にする時《とき》がきて、ぼくの体《からだ》は少《すこ》しふるえた。

「結局《けっきょく》、その事故《じこ》って、なんだったの？」

その事故《じこ》は、この脳内《のうない》にも大《おお》きな地震《じしん》のようなものをもたらした。

その地震《じしん》で、ぼくはいるべきではない場所《ばしょ》にやってきてしまった。

その地震《じしん》で、ショウの部屋《へや》はあんなにもはちゃめちゃに散《ち》らかり、カイたちの部屋《へや》の記憶《きおく》の書類《しょるい》も……。

そう、そしてモモは、起《お》きたくないと言《い》っていた。なぜだろう。

ぼくはずっと、記憶《きおく》をとりもどして、元《もと》の世界《せかい》へ帰《かえ》してもらうために、サノたちについてきたつもりだったけれど、そもそもの前提《ぜんてい》がくつがえった今《いま》、ぼくはこのまま元《もと》にもどろうとしていいのだろうか。

連合長《れんごうちょう》という人《ひと》の安否《あんぴ》を確《たし》かめるのはいいとして、そのあとは？　その人《ひと》がもどり方《かた》を知《し》っていたとして、ぼくはそのまま、その人《ひと》の言《い》うとおりにしていいのだろうか。

いいのなら、いい。事故《じこ》が、階段《かいだん》をふみはずして、ちょっと頭《あたま》をぶつけた、というくらいのもので、ぼくが元《もと》の場所《ばしょ》へもどれば、体《からだ》もなんの問題《もんだい》もなく目覚《めざ》め、みんなで毎日《まいにち》が楽《たの》しいことばかりの生活《せいかつ》にすぐにもどれるというならば、ぼくはただ連《れん》合長《ごうちょう》やサノたちの言《い》うとおりにすればいいわけで、本来《ほんらい》ならそうであってほしい。

でも、もし、ことがそんなかんたんなものではないとしたら？

起《お》きたくないと泣《な》いていたモモの涙《なみだ》。

モモたちの部屋《へや》にいた仮面《かめん》たちがささやいていたぼくの記憶《きおく》の片鱗《へんりん》。

そして、ウノをおそおうと思《おも》ってしまうほどに思《おも》いつめてしまったサノの決心《けっしん》。

それらはきっと、階段《かいだん》をふみはずしたくらいでは生《う》まれないものだ。ならぼくは、
ぼくたちは、これからいったいどうすれば……。

しかし、いやな予感《よかん》に満《み》たされていくぼくに、サノは力《ちから》なく首《くび》をふった。

「悪《わる》いけど、それだけは本当《ほんとう》に、連合長《れんごうちょう》のところへついてから話《はなし》をさせてくれ。君《きみ》にどう話《はな》すべきなのか、そもそも話《はな》すべきなのかどうかも、俺《おれ》らだけじゃ正直《しょうじき》、判《はん》断《だん》できない」

判断《はんだん》できない？　いつも好《す》き勝手《かって》になんでも決《き》めてきた、サノが？

ぼくは、サノのいつになく弱気《よわき》なその言葉《ことば》に、ただだまるしかなかった。そして、ぼくらの間《あいだ》に生《う》まれた沈黙《ちんもく》をしばらくながめる。

やがてぼくは、ほうっと力《ちから》の弱《よわ》いため息《いき》を、その沈黙《ちんもく》のまんなかに投《な》げこんだ。

ここまできてなお、どうしてもまだぼくに言《い》えないということは、よほどの理由《りゆう》があるのだろう。あきらめる、とはちがう選択《せんたく》を、ぼくはしなければならない。

ただ、信《しん》じる。

あえて、聞《き》かない。

まかせて、ついていく。

どれも、なんて勇気《ゆうき》のいることだろう。

ぼくは、そう気《き》づいて、くすっと笑《わら》った。

サノの言葉《ことば》を思《おも》い出《だ》す。

ひとりなら、悩《なや》まない。なんでも勝手《かって》に決《き》められるから。本当《ほんとう》に、そのとおりだ。

人《ひと》を信《しん》じること、誰《だれ》かを頼《たよ》るということは、かんたんそうに見《み》えて、実《じつ》はとても難《むずか》しい。

しかし、そのままうなずくのもくやしくて、ぼくは最後《さいご》に少《すこ》しだけいじわるをした。

「じゃあ、これだけ教《おし》えてほしいんだけど……」

あきれているようなぼくの声《こえ》に、リョウがなんとか罪《つみ》ほろぼしをしたいと思《おも》ったのか、身《み》を乗《の》り出《だ》す。

「なあに？」

「なんで、リョウだけ女《おんな》の子《こ》なの？」

それは、一度《いちど》サノにたずねて、答《こた》えてもらえなかった質問《しつもん》だ。ぼくの質問《しつもん》を受《う》けて、
ふたりはぽかんとする。しかし、今《いま》となっては、これは場《ば》をなごませるためのジョー

クでもなんでもない、ぼくにとって重要《じゅうよう》な質問《しつもん》だった。

「ぼくは男《おとこ》で、ここがぼくの脳《のう》の中《なか》だっていうなら、どうしてぼくの中《なか》に女《おんな》の子《こ》が？」

するとリョウは、サノとしばらく顔《かお》を見合《みあ》わせたあと、とてもふしぎそうな顔《かお》でぼくを見《み》た。

「どうしてって……どうして？」

「え？」

質問《しつもん》を質問《しつもん》で返《かえ》されて、今度《こんど》はぼくがぽかんとする。そんなぼくの顔《かお》を見《み》て、リョウはやっと合点《がてん》がいったようすで、ああ、とうなずくと、続《つづ》いて少《すこ》し寂《さび》しそうな顔《かお》をして言《い》った。

「そっか、公《こう》くんは知《し》らないのね」

そして、続《つづ》ける。

「あのね、公《こう》くん。体《からだ》の性別《せいべつ》が男《おとこ》の子《こ》であったとしても女《おんな》の子《こ》であったとしても、人間《にんげん》は誰《だれ》しも自分《じぶん》の中《なか》にいろいろな自分《じぶん》を持《も》っているものよ。たとえ、わたしたちの体《からだ》が男《おとこ》の子《こ》であったとしても、頭《あたま》のどこかにわたしのような女《おんな》の子《こ》がいたってふしぎじゃない。脳《のう》も心《こころ》も複雑《ふくざつ》なの。だから、起《お》きた時《とき》にびっくりしないでね。わたしたち、男《おとこ》の子《こ》ばかりに見《み》えてるかもしれないけど、実《じつ》は体《からだ》は、もんのすごい美少女《びしょうじょ》かもしれないんだから」

と、リョウはそこまで言《い》うと、寂《さび》しそうな表情《ひょうじょう》を引《ひ》っこめて、ふふっといたずらっこのように笑《わら》った。そのとなりで、サノもわけ知《し》り顔《がお》で、くすくすと笑《わら》っている。

ぼくは、ただ立《た》ちつくした。

美少女《びしょうじょ》？

ぼくが？

ぼくたちが？

しかし、笑《わら》ったことで調子《ちょうし》をとりもどしたのか、リョウはとまどうぼくをほったらかしにして、いつもの学級委員長《がっきゅういいんちょう》のような声《こえ》を響《ひび》かせた。

「さ、謎《なぞ》もとけたことだし、今度《こんど》こそ、行《い》きましょ」

そして、白《しろ》いフレアスカートをふわりとゆらして、くるりとふりかえると、今度《こんど》はまよわず、彼《かれ》を本当《ほんとう》の名前《なまえ》で呼《よ》ぶ。

「ウノー！　行《い》くよー！」

呼《よ》ばれたウノのほうは、先《さき》ほどからのぼくたちの言語的《げんごてき》な話《はなし》にあきていたのか、いつの間《ま》にか、ぼくらからはなれたところで、ごろんと横《よこ》になっていた。リョウがあわてて起《お》こしにいく。

すると、ぼくとふたりきりになったサノが言《い》った。

「リョウの言《い》うとおり、人間《にんげん》の脳《のう》は複雑《ふくざつ》だ。体上《からだじょう》の特徴《とくちょう》で二分《にぶん》できるほど、かんたんなものじゃない」

サノは続《つづ》ける。

「けど、つけ加《くわ》えておくと、男女《だんじょ》で脳《のう》に違《ちが》いがあるんじゃないかっていう研究結果《けんきゅうけっか》も出《で》ているんだ。そう、例《たと》えば、女性《じょせい》のほうが脳梁《のうりょう》による左右《さゆう》の脳《のう》のつながりが強《つよ》い傾向《けいこう》にある、とかね。まあ、俺《おれ》は所詮《しょせん》、君《きみ》の脳《のう》にすぎないわけで、ほかの脳《のう》のことについては断言《だんげん》できないけど、その説《せつ》によると、だから女性《じょせい》のほうが左右《さゆう》の脳《のう》の情報《じょうほう》のやりとりが活発《かっぱつ》で、多《おお》くの情報《じょうほう》を言葉《ことば》にできるらしい。つまり、女性《じょせい》のほうがおしゃべり上手《じょうず》ってわけだ。まあ、俺《おれ》みたいなやつもいるし、それが真実《しんじつ》かどうかはさておき……説得力《せっとくりょく》は、そこそこある」

見《み》ればリョウは、「ねえ、ウノ起《お》きて、行《い》くよ、連合長《れんごうちょう》のこと心配《しんぱい》でしょ」というような内容《ないよう》を、もっとたくさんの言葉《ことば》で、ものすごいいきおいでウノにぶつけ、なかなか起《お》きないウノをしかっている。

と、ぼくがそんなリョウを、なるほど、とながめていると、ふと、サノが口《くち》をひらいた。

「俺《おれ》はね、公《こう》」

あまり特別感《とくべつかん》のない切《き》り出《だ》し方《かた》だったため、ぼくはサノを見上《みあ》げず、そのままリョウのマシンガントークを観察《かんさつ》する。しかし、続《つづ》く言葉《ことば》に、ぼくはもっと早《はや》くに顔《かお》を上《あ》げて、サノの表情《ひょうじょう》を見《み》ておくべきだったと後悔《こうかい》した。

続《つづ》いて、サノはさらりと言《い》ったのだ。

「リョウのことが好《す》きなんだ」

あまりにもさらりとしていたので、ぼくはすぐに反応《はんのう》できなかった。何秒《なんびょう》もの間《ま》をおいて、ぼくはやっと、ばっとサノを見上《みあ》げる。

サノは、そんなぼくの反応《はんのう》をどこか楽《たの》しそうに見《み》つめて、なにも言《い》わない。冗談《じょうだん》だよ、とは言《い》わない。

サノが、リョウを好《す》き？

どういう意味《いみ》で？

いや、意味《いみ》もなにも、そもそもサノとリョウは同《おな》じぼくという人間《にんげん》の脳《のう》のはずじゃ……。いや、でも、サノがウノを嫌《きら》っていたことを考《かんが》えれば、逆《ぎゃく》にこの中《なか》の誰《だれ》かのことを好《す》いていてもおかしくないのかもしれない。

おかしく、ないのか?

なんだそれ。

ぼくが、よほど変《へん》な顔《かお》をしていたせいだろう。サノは、声《こえ》を上《あ》げて笑《わら》うと、さっぱりとした顔《かお》で言《い》った。

「君《きみ》に会《あ》えて、君《きみ》と話《はな》せてよかったよ、公《こう》」

サノがぼくに向《む》きなおる。

「ありがとう」

それは、サノから初《はじ》めて聞《き》いた、とてもまっすぐでシンプルな言葉《ことば》だった。

それに、ぼくはうなずく。

すると、向《む》こうから声《こえ》がした。

「サノー!　公《こう》くーん!　ウノ、起《お》きたよー!　行《い》こー!」

リョウが、こちらに向《む》かって、両腕《りょううで》をぶんぶんとふっている。すると、その声《こえ》が合図《あいず》になったかのように、サノはぼくの右肩《みぎかた》に、そっと右腕《みぎうで》をまわした。

「さあ、行《い》こう。連合長《れんごうちょう》のところへ」

連合長《れんごうちょう》の部屋《へや》は、そこからそう遠《とお》くなかった。

横長《よこなが》に広《ひろ》がった楕円形《だえんけい》の部屋《へや》。そこで、その人《ひと》はいくつもの液晶画面《えきしょうがめん》に向《む》かい、右手《みぎて》をおいた木《き》の根《ね》もどき、もといニューロンの根《ね》を通《つう》じて誰《だれ》かと話《はなし》をしながら、手元《てもと》の書類《しょるい》に目《め》を落《お》としている。

ベージュのパンツの上《うえ》に合《あ》わせたダークブラウンのジャケットの下《した》には、クリーム色《いろ》のシャツ。大《おお》きなデスクに腰《こし》を下《お》ろし、忙《いそが》しそうにしている姿《すがた》は、少《すこ》しカイに似《に》ている。しかし、彼《かれ》のほうがずっと落《お》ちつきがあり、貫禄《かんろく》があった。堂々《どうどう》として、知《ち》的《てき》な横顔《よこがお》は、まるで学校《がっこう》の先生《せんせい》のようだ。

そして、けがはしていない。

たおれても、いない。

「ああ、ノートは見《み》たよ。それも、もう大丈夫《だいじょうぶ》だろう。……ああ、ちょうど来《き》た。四人《にん》いっしょだ。こちらで話《はなし》をしておくから、君《きみ》は仕事《しごと》にもどってくれ。準備《じゅんび》ができ次第《しだい》、また連絡《れんらく》する」

ぼくらの姿《すがた》を認《みと》めると、その人《ひと》は、そう言《い》って通信《つうしん》を切《き》った。そして、立《た》ち上《あ》がる。

「やあ。はじめまして、と言《い》うべきかな」

落《お》ちついた、声《こえ》。どこかで、聞《き》いたことがあるような、なつかしく耳《みみ》になじむ、声《こえ》。

ぼくは、リョウをふりかえる。リョウは、うなずいた。

それでぼくは、その人《ひと》のほうへ一歩《いっぽ》歩《あゆ》み出《で》る。さしのべられたその大《おお》きな手《て》を、おそるおそるにぎりかえした。

「……無事《ぶじ》、だったんですね、連合長《れんごうちょう》」

その呼《よ》び名《な》は、すんなりぼくの口《くち》から飛《と》び立《た》つ。違和感《いわかん》は、なかった。

そんなぼくに、連合長《れんごうちょう》はやわらかくほほえむ。

「来《き》てくれて、ありがとう。ずっと、不安《ふあん》だったろう。なにもかもわからないまま、あちこちつれまわされて……」

「いえ、みんなが助《たす》けてくれたので」

相手《あいて》は、自分《じぶん》と同《おな》じ脳《のう》の一部《いちぶ》のはずなのに、なぜかつい敬語《けいご》で話《はな》してしまう。ぼくが背筋《せすじ》をのばしてそう言《い》うと、連合長《れんごうちょう》はぼくのうしろに並《なら》んだ三人《にん》に目《め》をやり、またほほえんだ。家族《かぞく》をほめられたかのような、あたたかい照《て》れくささが顔《かお》に浮《う》かんでいる。

と、その瞳《ひとみ》が、サノの上《うえ》で止《と》まった。

「おまえ、とうとうやったな」

責《せ》めるような言葉《ことば》のわりに、口調《くちょう》はやわらかい。まるで事件《じけん》のことも、サノの心《こころ》のうちも、全部《ぜんぶ》全部《ぜんぶ》わかっているかのようで、その上《うえ》で、ここでサノにわたすべき言《こと》葉《ば》の色《いろ》は、怒《いか》りではなく理解《りかい》なのだと知《し》っている人《ひと》の声《こえ》だった。

「悪《わる》かったよ」

サノはばつが悪《わる》そうに、視線《しせん》を泳《およ》がせる。

悪《わる》かった。

本当《ほんとう》にその言葉《ことば》を向《む》けるべき相手《あいて》はすぐ横《よこ》にいるにもかかわらず、サノはうつむいている。しかし、それでいいのかもしれない。

いくらサノがふつうの人間《にんげん》ではなく、脳《のう》の化身《けしん》だからといって、サノがしたことは、悪《わる》かった、の一言《ひとこと》でかんたんにすまされていいものではない。今《いま》、ウノにさらりとあやまり、連合長《れんごうちょう》に簡易裁判《かんいさいばん》のようなかたちで許《ゆる》しを認《みと》められるより、もっともっと長《なが》い苦《くる》しみをへたあとに、言葉《ことば》よりも先《さき》に許《ゆる》しが来《く》るべきことなのかもしれなかった。

と、当《とう》のサノはどう思《おも》っているのか、続《つづ》けてサノは、少《すこ》しすねたような口調《くちょう》で言《い》った。

「連合長《れんごうちょう》こそ、どこにいたのさ。カイがノートをおきに一度《いちど》、ここに来《き》たけど、いなかったたって……」

すると、連合長《れんごうちょう》はこともなげに言《い》う。

「ああ、机《つくえ》の下《した》に隠《かく》れていたんだ」

「隠《かく》れてた？」

それでぼくら四人《にん》は、連合長《れんごうちょう》がすっとのばした指《ゆび》の先《さき》を、まじまじと見《み》つめる。

人《ひと》ひとりが軽々《かるがる》隠《かく》れられるであろう、連合長《れんごうちょう》の大《おお》きな机《つくえ》が、そこにはあった。

「あの時《とき》はまだ、カイに見《み》つかりたくなかったんだ。君《きみ》たち四人《にん》に、見《み》つけてもらいたかったんでね」

その言葉《ことば》に、やれやれと無言《むごん》で首《くび》をふるサノの横《よこ》で、ぼくは、少《すこ》しだけうれしくなる。

これが、ぼくの脳《のう》の連合長《れんごうちょう》。

察《さっ》することも、許《ゆる》すことも、少《すこ》しずるいこともできる人《ひと》。

すると連合長《れんごうちょう》はそこで、ぼくに視線《しせん》をもどすと、ていねいに頭《あたま》を下《さ》げた。

「すまなかった。本当《ほんとう》は私《わたし》が、君《きみ》を迎《むか》えにいけばよかったのかもしれない。しかし、私《わたし》は君《きみ》に、ここに来《き》てほしかった。サノやウノ、リョウたちといっしょに。ショウやカイ、モモたちに会《あ》ってから」

ぼくは、うなずく。

この旅《たび》のゴールは、この人《ひと》でなければならなかったのだと、連合長《れんごうちょう》に会《あ》ってわかった。はじめからこんなに頼《たよ》りがいのある人《ひと》に出会《であ》っていたら、ぼくはずっとこの人《ひと》に守《まも》られたまま、誰《だれ》かに会《あ》いにいったり、悪夢《あくむ》と戦《たたか》ったりしようと思《おも》わなかったにちがいない。きっと、この居心地《いごこち》のよい空間《くうかん》で、いつまでもまどろんでいたにちがいないのだ。この人《ひと》は、ゴール以外《いがい》では会《あ》ってはいけない人《ひと》だ。

だから、言《い》った。

「ぼくも、そう思《おも》います」

ぼくのその言葉《ことば》がうれしかったのだろうか。リョウがぼくのとなりにやって来《き》て、ぼくの腕《うで》に腕《うで》をからめながら教《おし》えてくれる。

「連合長《れんごうちょう》は、前頭連合野《ぜんとうれんごうや》っていうところの化身《けしん》。サノとウノが担当《たんとう》している大脳《だいのう》の一部《いちぶ》で、わたしたちが持《も》っている情報《じょうほう》を統括《とうかつ》したり、未来《みらい》を予測《よそく》して意思《いし》を決定《けってい》したりする、わたしたちのまとめ役《やく》なの。サノとウノの上司《じょうし》ってところね」

そのまま、リョウはどこかうれしそうに続《つづ》ける。

「わたしたちが体《からだ》を動《うご》かそうとする時《とき》、『動《うご》け』って指示《しじ》を出《だ》すのが連合長《れんごうちょう》よ。それに、いわゆる性格《せいかく》っていうものをつくっているのも、連合長《れんごうちょう》。なにかをがんばろうって思《おも》ったり、逆《ぎゃく》にこれはやっちゃだめだって判断《はんだん》したりするの。人間《にんげん》の脳《のう》の進化《しんか》の中《なか》で、最後《さいご》にできあがった部分《ぶぶん》が前頭連合野《ぜんとうれんごうや》だって言《い》われているのよ。あれ、じゃあ、そういう意味《いみ》では、連合長《れんごうちょう》はわたしたちの後輩《こうはい》ね？」

リョウが、自分《じぶん》の言葉《ことば》にくすくす笑《わら》う。その笑《わら》い声《ごえ》で場《ば》がなごんだ。ぼくの肩《かた》からも力《ちから》がぬけ、連合長《れんごうちょう》も笑《わら》う。

「そう。私《わたし》はただ、みんなのあとに続《つづ》いて、いいとこ取《ど》りをしているだけだ。長《ちょう》と呼《よ》ばれるようなことはなにも……。そう、君《きみ》こそ、私《わたし》たちの長《ちょう》と言《い》っていい、クオリア」

急《きゅう》にクオリアと呼《よ》ばれ、ぼくの体《からだ》にまた緊張《きんちょう》が走《はし》る。すると、リョウが慣《な》れたようすで、また間《あいだ》に入《はい》った。

「ちがうの。わたしたち、公《こう》くんって呼《よ》んでるのよ。わたしたちの、主人公《しゅじんこう》だから」

するど、連合長《れんごうちょう》はまぶしいものでも見《み》るかのように目《め》を細《ほそ》め、「そりゃあいい」と、改《あらた》めてぼくを見《み》やる。しかし、その笑顔《えがお》は、すぐに少《すこ》しこまったようにしぼんだ。

「ただ、せっかくだが、その名前《なまえ》ももう終《お》わりにしなければならないな。君《きみ》にはそろそろ、本当《ほんとう》の名前《なまえ》を思《おも》い出《だ》してもらわなければ」

連合長《れんごうちょう》のその言葉《ことば》に、声《こえ》にならない声《こえ》がリョウからもれでて、ぼくはごくりとつばをのむ。

本当《ほんとう》の、名前《なまえ》。

「本当《ほんとう》の名前《なまえ》って……」

「私《わたし》たちが、この脳《のう》の外《そと》で呼《よ》ばれている、この体《からだ》の名前《なまえ》だ。君《きみ》の名前《なまえ》であり、私《わたし》たち全員《ぜんいん》の名前《なまえ》でもある」

連合長《れんごうちょう》はそう告《つ》げるなり、机《つくえ》のいちばん上《うえ》においてあった、一冊《さつ》のノートを手《て》にとった。まあたらしい昔《むかし》ながらのシンプルなノートの表紙《ひょうし》には、ひとこと、「基本《きほん》ノート」と記《しる》されている。

「もともとは、もっとぶあつく、ぼろぼろだったんだが、これを機《き》に新《あたら》しく簡潔《かんけつ》につくりなおしたんだ。君《きみ》に、すぐに読《よ》んでもらえるようにね」

連合長《れんごうちょう》は、ぼくにまっすぐに向《む》きなおる。緊張《きんちょう》した面《おも》もちで、口《くち》をひらいた。

「事故《じこ》についても、書《か》いてある。それから、君《きみ》の本当《ほんとう》の名前《なまえ》も」

連合長《れんごうちょう》は、ノートをさし出《だ》す。

「読《よ》んで、くれるかい?」

ぼくは、連合長《れんごうちょう》を見上《みあ》げ、それから両脇《りょうわき》に視線《しせん》をやった。右《みぎ》を向《む》き、左《ひだり》を向《む》き、そばを見《み》る。ウノを見《み》て、サノを見《み》て、リョウを見《み》た。みなが、じっとぼくを見《み》つめている。リョウが、ぼくをあとおしするようにうなずいた。

それでぼくは、それを受《う》け取《と》った。

第七章　目覚《めざ》めさめざめ

【基本《きほん》ノート】
一ノ瀬《いちのせ》優《ゆう》。十一歳《さい》。
家族構成《かぞくこうせい》、父《ちち》、母《はは》、兄《あに》。
両親《りょうしん》は、ふたりとも脳科学者《のうかがくしゃ》。大学《だいがく》で昼夜《ちゅうや》、研究《けんきゅう》に明《あ》け暮《く》れ、海外出張《かいがいしゅっちょう》も多《おお》い。
兄《あに》は三つ年上《としうえ》。有名中高一貫校《ゆうめいちゅうこういっかんこう》で剣道部《けんどうぶ》の主将候補《しゅしょうこうほ》として期待《きたい》されている。

「いちのせ、ゆう……。これが、ぼくの名前《なまえ》？」

ノートをひらくとすぐ、ぼくは顔《かお》を上《あ》げた。連合長《れんごうちょう》がうなずく。それでぼくは続《つづ》けた。

「父《ちち》、母《はは》、兄《あに》……。両親《りょうしん》は、脳科学《のうかがく》、者《しゃ》。脳科学《のうかがく》？」

声《こえ》に出《だ》して読《よ》みながら、ぼくはその部分《ぶぶん》で首《くび》をかしげる。

すると、リョウがにっこりと笑《わら》った。

「わたしたちがさっき、公《こう》くんに説明《せつめい》したようなことよ。生物《せいぶつ》の脳《のう》の仕組《しく》みがどうなっているのか、どうして夢《ゆめ》を見《み》るのか、どうすれば脳《のう》を鍛《きた》えられるのかとか、いろいろ考《かんが》えたり調《しら》べたり実験《じっけん》したりする人《ひと》が、脳科学者《のうかがくしゃ》」

「お父《とう》さんもお母《かあ》さんも、それ、なんだ」

お父《とう》さんとお母《かあ》さん、その言葉《ことば》を口《くち》にしてみても、あまり実感《じっかん》はわかない。顔《かお》も思《おも》い出《だ》せなかった。

「それについては、感謝《かんしゃ》せざるをえないな」

サノが口《くち》をはさむ。

「家《いえ》でなんとなく聞《き》いていた家族《かぞく》の会話《かいわ》、視界《しかい》のはしに入《はい》ってきた両親《りょうしん》の仕事《しごと》の資《し》料《りょう》があったからこそ、俺《おれ》らは今《いま》、こうして君《きみ》に自己紹介《じこしょうかい》、すなわち脳《のう》の仕組《しく》みを説《せつ》明《めい》できている。もちろん、その知識《ちしき》は君《きみ》にとっては、無自覚《むじかく》なものだ。無意識《むいしき》のうちに、カイのところへ運《はこ》ばれ、これまで記憶倉庫《きおくそうこ》の奥底深《おくそこふか》く、潜在能力《せんざいのうりょく》の棚《たな》の中《なか》に保《ほ》管《かん》されていた。もし、それがなかったら、さすがの俺《おれ》も、今回《こんかい》の事態《じたい》に対応《たいおう》するための論理《ろんり》を組《く》み立《た》てる材料《ざいりょう》がなくて、今《いま》ごろ、パニックになっていたかもしれないね」

なるほど、とぼくは今《いま》さらながら、納得《なっとく》する。サノやリョウが、これまであまりにも、ぼくの知《し》りもしない難《むずか》しい言葉《ことば》を次々《つぎつぎ》にくり出《だ》すため、どうも自分《じぶん》の脳《のう》と話《はな》している気《き》がしなかったのだが、そういうことならばうなずける。

納得《なっとく》したところで、ぼくはさらにノートを読《よ》み進《すす》めた。

好《す》きなことは、読書《どくしょ》。

五歳《さい》のころから、両親《りょうしん》が家《いえ》をあける時《とき》はいつも、本《ほん》を数冊与《すうさつあた》えられ、それをひとりで読《よ》んでいた。それゆえに、言葉《ことば》を用《もち》いてものごとを考《かんが》えることが得意《とくい》だが、成長《せいちょう》するにつれて、言《い》いわけを考《かんが》えることばかりに言葉《ことば》をつかうようになり、引《ひ》っ込《こ》み思案《じあん》な性格《せいかく》となる。

二歳《さい》のころに祖母《そぼ》からもらったトランペットのおもちゃがとても好《す》きだったが、小学校《しょうがっこう》に上《あ》がる際《さい》、母《はは》に勝手《かって》にすてられてしまい、ひどくショックだった。その後《ご》、小学《しょうがく》一年生《ねんせい》の音楽《おんがく》の授業《じゅぎょう》で初《はじ》めて習《なら》った歌《うた》を家《いえ》で歌《うた》っていたところ、「お父《とう》さんとお兄《にい》ちゃんの勉強《べんきょう》の邪魔《じゃま》になるから、やめなさい」と母《はは》にたしなめられ、音楽《おんがく》はやってはいけないことなのだと、思《おも》いこむようになる。

ピンクやクリームイエロー、スカイブルーなど、あわい色《いろ》が好《す》きだが、友人《ゆうじん》に似合《にあ》わないとからかわれてから、好《す》きな色《いろ》を聞《き》かれると、白《しろ》と答《こた》えるようにしている。

物心《ものごころ》がついた時《とき》から、力《ちから》の強《つよ》い兄《あに》におもちゃをとられたり、ふんづけられたりすることが多《おお》かったため、兄《あに》と遊《あそ》ぶことが苦手《にがて》になり、外《そと》で友人《ゆうじん》と体《からだ》を動《うご》か

すことが好《す》きだった兄《あに》とは逆《ぎゃく》に、家《いえ》で遊《あそ》ぶことが多《おお》くなる。そのため、運動能《うんどうのう》力《りょく》は未発達《みはったつ》で、運動《うんどう》は得意《とくい》ではない。

兄《あに》はそのころ、乱暴《らんぼう》をはたらいていたことを覚《おぼ》えていないようで、今《いま》ではやさしく声《こえ》をかけてくれることが多《おお》いが、あまりにも趣味《しゅみ》がちがうため、会話《かいわ》が続《つづ》かない。悪気《わるぎ》なく、人《ひと》が気《き》にしていることを口《くち》にする性分《しょうぶん》の兄《あに》を、少《すこ》しうとましく思《おも》っている。

兄《あに》は文武両道《ぶんぶりょうどう》で、昔《むかし》からなんでも器用《きよう》にこなすことができるため、両親《りょうしん》からいつもほめられている。そんな兄《あに》と比較《ひかく》されることをおそれて、自分《じぶん》を表現《ひょうげん》することが苦手《にがて》になり、得意《とくい》なこともできるとは言《い》えず、思《おも》っていることや悩《なや》んでいることを口《くち》に出《だ》せなくなった。

空想《くうそう》が好《す》きで、一度《いちど》、夢《ゆめ》の中《なか》で空《そら》を飛《と》んでからというもの、夜《よる》、ベッドに入《はい》ってから眠《ねむ》りに落《お》ちるまで、空《そら》を飛《と》ぶいろいろな方法《ほうほう》を考《かんが》えることを楽《たの》しみにしている。

★事故《じこ》について

新学年《しんがくねん》になってから、クラスの友人《ゆうじん》グループに入《はい》りそびれてしまい、ひとりでいることが多《おお》くなった。自分《じぶん》から話《はな》しかけることが苦手《にがて》なため、休《やす》み時間《じかん》も好《す》きな本《ほん》をひとり、席《せき》で読《よ》んでいたところ、クラスのみんなから気味悪《きみわる》がられるようになってしまう。毎日《まいにち》が苦《くる》しくなる。

そして、誰《だれ》にも気持《きも》ちをうち明《あ》けられずに悩《なや》んでいたある日《ひ》の朝《あさ》、すさまじい頭痛《ずつう》におそわれ、学校《がっこう》を休《やす》んだ。両親《りょうしん》が、職場《しょくば》でもある大学病院《だいがくびょういん》につれて行《い》ってくれたが、ベッドに横《よこ》たわり、検査結果《けんさけっか》を待《ま》っていたところ、急《きゅう》に呼吸《こきゅう》が苦《くる》しくなり、そのまま意識《いしき》を失《うしな》った——。

「意識《いしき》を失《うしな》った？」

ぼくは、ノートの最後《さいご》を音読《おんどく》する。

そう、そこでノートは終《お》わっていたのだ。

それでとたんに、ぼくは混乱《こんらん》する。

「まさか、これが……。これが、事故《じこ》?」

交通事故《こうつうじこ》でも火事《かじ》でも地震《じしん》でもけんかでもなく、階段《かいだん》をふみはずしてすらいない。

ただ、急《きゅう》に頭《あたま》が痛《いた》くなり、病院《びょういん》で意識《いしき》を失《うしな》った。

その思《おも》っていたよりもあっけない事実《じじつ》に、ぼくはただただ、とまどう。

ここまで引《ひ》っぱっておいて、これ?

連合長《れんごうちょう》がうなずく。

「そう、なにがあったわけでもない。きっかけとなった頭痛《ずつう》や呼吸困難《こきゅうこんなん》も、身体的《しんたいてき》な病気《びょうき》からくるものではなく、がまんの蓄積《ちくせき》が引《ひ》き起《お》こしたもの。私《わたし》たちに、本当《ほんとう》の意味《いみ》で事件《じけん》や事故《じこ》といえるようなものは、なにもなかったんだ」

それから、少《すこ》し心配《しんぱい》そうな顔《かお》をした。

「これがなにを意味《いみ》するか、わかるかい」

まったく、わからない。

ぼくは助《たす》けを求《もと》めて、リョウを、サノを、ウノを見《み》る。みんな、複雑《ふくざつ》な顔《かお》をしていた。

「公《こう》くん……」

やがて、リョウがゆっくりと言葉《ことば》を口《くち》にする。

「事故《じこ》のこと、ずっと言《い》えなくてごめんなさい。でも、言《い》えなかったの。本当《ほんとう》に、なにもなかったから」

その言葉《ことば》に、ぼくは少《すく》なからず、ショックを受《う》けた。リョウは続《つづ》ける。

「交通事故《こうつうじこ》で頭《あたま》をけがしたわけでもない、はっきりとしたいじめや虐待《ぎゃくたい》があったわけでもない。でも、ただただ、毎日《まいにち》に疲《つか》れて疲《つか》れて、でも、疲《つか》れたとも口《くち》に出《だ》せなくて、心《こころ》がだんだん、かたまっていって、とうとう息《いき》ができなくなった。だから、公《こう》くん、あなたは、ここに逃《に》げてきた。自分《じぶん》の、中《なか》に」

つらそうに目《め》をふせるリョウの声《こえ》を聞《き》きながら、ぼくはモモのことを思《おも》い出《だ》す。あざだらけで泣《な》きさけんでいた、あの小《ちい》さな少年《しょうねん》のことを。

しかしすぐに、サノが大《おお》きく息《いき》をはき、その音《おと》でぼくは我《われ》に返《かえ》った。

「ある意味《いみ》、君《きみ》にとっては最《もっと》も残酷《ざんこく》な真実《しんじつ》だろうね。ここであの三つ頭《あたま》のライオンのような、いかにも極悪《ごくあく》といった顔《かお》をした魔物《まもの》でもたおして、ちゃんちゃん、と、楽《らく》になれるなら、話《はなし》はかんたんだった。なにをやればいいのかわかっていれば、ただ、目《め》の前《まえ》に向《む》かって走《はし》ればいい。これまでだって俺《おれ》らは、迷宮《めいきゅう》の出口《でぐち》へ向《む》かうという、わかりやすいゴールがあったから、なんだかんだやってこられた。でも、もうちがう。俺《おれ》たちはゴールについてしまった。そして、ここにはなにもない。ここから先《さき》には、なんの道《みち》しるべもない。俺《おれ》らは、なんの達成感《たっせいかん》もないまま、地図《ちず》もない分《わ》かれ道《みち》だらけの現実《げんじつ》にもどらなきゃならない。そこに行《い》きたくないなら、君《きみ》は俺《おれ》らとここに残《のこ》り、この袋小路《ふくろこうじ》のような殺風景《さっぷうけい》な迷宮《めいきゅう》の中《なか》を、体《からだ》が朽《く》ちるまで永遠《えいえん》にさまよい続《つづ》けるしかないんだよ」

そして、サノはまるで他人《たにん》の話《はなし》をしているかのように肩《かた》をすくめる。

「どうだい、起《お》きたくなくなったかい？」

その言葉《ことば》に、ぼくは思《おも》わず、すぐにうなずいてしまいそうになる。ノートに書《か》かれていることに関《かん》して、いまいち自分《じぶん》のことだという実感《じっかん》は持《も》てないけれど、もし、ここに書《か》かれていることがすべて真実《しんじつ》ならば、起《お》きたところで、その先《さき》の未来《みらい》に、楽《たの》しいことはなにもないような気《き》がする。

それに、モモとカイの部屋《へや》で戦《たたか》った色《いろ》とりどりの仮面《かめん》がささやいてきた言葉《ことば》のこともある。ノートの事実《じじつ》とそれらをすり合《あ》わせれば、あれらはやはりすべて、これまでぼくが、本当《ほんとう》に言《い》われてきた言葉《ことば》だったのだろうと想像《そうぞう》がつく。

だからこそ、モモは言《い》っていたのだ。

起《お》きたくない、と。

今《いま》になって、ようやくモモの言葉《ことば》の真意《しんい》がわかる。でも。

あの時《とき》、モモはぼくを助《たす》けてくれた。起《お》きたくないと泣《な》きながら、ぼくを仮面《かめん》の壁《かべ》から、あたたかい光《ひかり》の玉《たま》で救《すく》ってくれた。そして、サノもウノも、あの時《とき》、ぼくを助《たす》けにきてくれた。いや、ぼく自身《じしん》が呼《よ》んだのだ。

計算《けいさん》をして、歌《うた》を歌《うた》って。

ぼくが、ふたりを呼《よ》んだ。

サノは言《い》った。

強《つよ》くなりたいと。

ウノは言《い》った。

強《つよ》さの向《む》こう側《がわ》が見《み》たいと。

サノはリョウのことが好《す》きで、リョウはみんなのことが大好《だいす》きで。

ショウはいつか空《そら》を飛《と》びたいらしいし、カイは新《あたら》しい仕事《しごと》が入《はい》ってこなくなったら、それはそれで文句《もんく》を言《い》いそうだ。

そして、連合長《れんごうちょう》は、ぼくをここで待《ま》っていてくれた。ただ、ぼくらを信《しん》じて。

こんなにもぼくの脳《のう》たちが力《ちから》を試《ため》したいと未来《みらい》を待《ま》っているのに、ぼくだけ逃《に》げられるだろうか。

その質問《しつもん》の答《こた》えは……。

ぼくは顔《かお》を上《あ》げた。その時《とき》、ぼくは泣《な》き笑《わら》いの表情《ひょうじょう》を浮《う》かべていたと思《おも》う。

「みんな、いじわるだ」

ぼくは言《い》った。

「最後《さいご》の最後《さいご》だけ、ぼくに決《き》めさせるなんて」

みなが、それぞれ顔《かお》を見合《みあ》わせる。リョウが不安《ふあん》そうな顔《かお》で口《くち》をひらきかけた。でも、先《さき》に言葉《ことば》をつかんだのは、ぼくだ。

「起《お》きるよ」

リョウの瞳《ひとみ》が、おどろきで見《み》ひらかれる。

「こわいけど、すごくこわいし、正直《しょうじき》、いやだけど、でも、起《お》きるよ。自分《じぶん》の中《なか》で、こんなにみんながかんばってるってわかったのに、今《いま》さら、それを見《み》なかったことになんてできない」

ぼくはぎゅっと、こぶしをにぎる。

「ぼくだけだったら、このまま息《いき》をすうのをやめていたかもしれない。でも、みんなのことは殺《ころ》せない。だって、ぼくが……」

ぼくは鼻《はな》をすすった。

「主人公《しゅじんこう》、なんでしょ？」

その言葉《ことば》を口《くち》にしたとたん、あたりがじんわりとあたたかくなった。まるで体全《からだぜん》体《たい》が、急《きゅう》に呼吸《こきゅう》の仕方《しかた》を思《おも》い出《だ》したようだ。体中《からだじゅう》に血《ち》がめぐりはじめる。

連合長《れんごうちょう》が、ぼくに歩《あゆ》みよった。

「ありがとう。君《きみ》が、会《あ》いにきてくれてよかった。私《わたし》たちの存在《そんざい》を、私《わたし》たちの気持《きも》ちを、君《きみ》に伝《つた》えられてよかった。公《こう》、いや、ユウ……。目覚《めざ》めたら、私《わたし》たちはもう、直接君《ちょくせつきみ》を助《たす》けられない。でも、これだけは信《しん》じてくれ。君《きみ》が、サノたちとここまでたどりついたこの冒険《ぼうけん》は、君《きみ》を、私《わたし》たちを、一ノ瀬優《いちのせゆう》を強《つよ》くした。目覚《めざ》めたところで、まわりの世界《せかい》は変《か》わっていない。でも、一ノ瀬優《いちのせゆう》は変《か》わっている。それを、信《しん》じてくれ」

連合長《れんごうちょう》の力強《ちからづよ》い言葉《ことば》に、ぼくは自分《じぶん》の中《なか》のふるえを無理《むり》やり封《ふう》じこめる。

しかし、サノがそうはさせなかった。

「公《こう》、こわいと思《おも》っていい」

言《い》いながら、サノはぼくの右肩《みぎかた》を力強《ちからづよ》くつかむ。

「無理《むり》をするな。俺《おれ》らにうそをつくな。それでまた壊《こわ》れられでもしたら、迷惑《めいわく》だ」

サノはあいかわらず、むちゃくちゃなことを言《い》う。しかし、サノはそれでもいつだって、頼《たの》もしかった。

サノは言《い》った。

「こわいと思《おも》っていい。俺《おれ》たちが、その感情《かんじょう》を力《ちから》に変《か》える」

はっと顔《かお》を上《あ》げると、サノのうしろでリョウとウノがうなずいている。

そうだ。ここは、学校《がっこう》じゃない。家《いえ》でもない。まわりにいるのは、他人《たにん》じゃなくて、みんな、ぼく自身《じしん》だ。

ぼくたちは、つながっている。

背筋《せすじ》をのばしたぼくの姿《すがた》を見《み》て、連合長《れんごうちょう》の笑顔《えがお》が広《ひろ》がる。

「そう、私《わたし》たちは君《きみ》で、君《きみ》は私《わたし》たちだ。さあ、準備《じゅんび》に入《はい》ろう」

連合長《れんごうちょう》がそううながすと、ぼくの左《ひだり》にサノが、右《みぎ》にウノが自然《しぜん》に立《た》った。そして、サノが右手《みぎて》で、ぼくの左手《ひだりて》をとる。

サノが、笑《わら》った。

「初《はじ》めて、君《きみ》の左《ひだり》をさわった」

その言葉《ことば》の真意《しんい》がわからず、ぼくは首《くび》をかしげる。するとサノは、はにかんだ。

「君《きみ》が最初《さいしょ》にここで目覚《めざ》めた時《とき》、君《きみ》が右利《みぎき》きだと知《し》って、うれしかったよ」

サノは少《すこ》し照《て》れている。

「人《ひと》の脳《のう》には、交叉支配《こうさしはい》の法則《ほうそく》というものがあるんだ。左脳《さのう》は右半身《みぎはんしん》の動《うご》きを、右脳《うのう》は左半身《ひだりはんしん》の動《うご》きを支配《しはい》している。だから、君《きみ》が右利《みぎき》きだということは、君《きみ》の中《なか》で俺《おれ》の存在《そんざい》のほうが強《つよ》いということのように思《おも》えて、うれしかった。でも、そうだな、こうして君《きみ》の左《ひだり》に立《た》つのも悪《わる》くない」

サノがそう言《い》い終《お》えるか否《いな》かのタイミングで、ウノが左手《ひだりて》でぼくの右手《みぎて》をとった。

そして、サノとウノ、ふたりの空《あ》いた手《て》をリョウがにぎって、ぼくの前《まえ》に立《た》つ。

ぼくらは、円《えん》になった。

左脳《さのう》が右半身《みぎはんしん》を。右脳《うのう》が左半身《ひだりはんしん》を。

サノとウノ、ふたりの意識《いしき》が交叉《こうさ》して、ぼくたちの体《からだ》をつないでいる。

ぼくらは、ずっと、つながっていたのだ。

「がんばろうね、公《こう》くん」

リョウの瞳《ひとみ》には、少《すこ》しだけ涙《なみだ》がたまっていた。その涙《なみだ》の名前《なまえ》を、ぼくは知《し》らない。

けれどその正体《しょうたい》は、心《こころ》で感《かん》じていた。

「よし、行《い》こう」

連合長《れんごうちょう》が、ニューロンに両手《りょうて》をつく。

そして、念《ねん》じるように目《め》をつむり、通信先《つうしんさき》の名《な》を呼《よ》んだ。

「……私《わたし》だ。カンノ、ミキ……」

そこでぼくは、それがあたりまえだとばかりに、目《め》をつむる。暗《くら》いようで明《あか》るい闇《やみ》が、ぼくの前《まえ》に広《ひろ》がった。そして、その明《あか》るい闇《やみ》に、連合長《れんごうちょう》の声《こえ》がすっと染《し》みこむ。

「目覚《めざ》めてくれ」

そして、その声《こえ》とともに、ぼく自身《じしん》も、その光《ひかり》の闇《やみ》の中《なか》へのみこまれていった。


世界《せかい》が白《しろ》い。
ピ、ピ、ピ、という機械音《きかいおん》が、耳《みみ》に届《とど》いた。横《よこ》を向《む》けば、そこにはなにやら大《おお》きな機械《きかい》。白《しろ》いベッドに横《よこ》たえられたぼくは、どうやらそれにつながれているらしい。テレビで見《み》たことのある、脈《みゃく》をはかる機械《きかい》。
ここは、病院《びょういん》だ。

口《くち》をひらくと、やたらとのどがかわいていることに気《き》がつく。のどがひりひりして、うまく声《こえ》が出《で》ない。かすれた息《いき》だけが、かすかにもれ出《で》た。

しかし、それだけで十分《じゅうぶん》だったらしい。

「ユウ！」

あおむけで横《よこ》になっていたぼくの視界《しかい》に、ばっと女《おんな》の人《ひと》が飛《と》びこんできた。ぼくと目《め》が合《あ》うと、その顔《かお》に希望《きぼう》に満《み》ちた笑顔《えがお》がひろがる。

「起《お》きたのね！　よかった！　本当《ほんとう》によかった！」

言葉《ことば》ひとつひとつがはずんで、演技《えんぎ》だとは到底思《とうていおも》えなかった。

そう、これが、お母《かあ》さん。それから……。

「ユウ……！　よかった、私《わたし》たちがわかるんだね」

興奮《こうふん》した、ふるえるような声《こえ》。眼鏡《めがね》をかけた、白髪《しらが》の多《おお》い男《おとこ》の人《ひと》。

これが、お父《とう》さん。

お父《とう》さん、お母《かあ》さん。

そう呼《よ》ぼうとしたぼくの声《こえ》は、まだかすれていて、うまく言葉《ことば》にならない。早《はや》く、届《とど》けたいのに。いろいろな思《おも》いを、その中《なか》に入《い》れたいのに。目《め》だけで、うまく伝《つた》えられるだろうか。

しかし、一度《いちど》は確《たし》かにぼくを見《み》ていたふたりの目《め》が、すぐにぼくからはずされる。

ふたりは、ぼくから生《う》まれたはずの笑顔《えがお》を互《たが》いに向《む》けて、よろこび合《あ》った。

「やった！　実験成功《じっけんせいこう》ね！」

「ああ、あんなに長時間呼吸《ちょうじかんこきゅう》が止《と》まっていたのに意識《いしき》がもどるなんて、すごい事例《じれい》だ」

「すぐに論文《ろんぶん》にまとめなくちゃ」

「いや、待《ま》て。これからいくつかテストをして、脳《のう》に異常《いじょう》がないかどうか見《み》ないと……」

「そうね、でも、異常《いじょう》があったらあったで、またそれを題材《だいざい》に、次《つぎ》の論文《ろんぶん》が書《か》ける！」

ふたりとぼくは、目《め》が合《あ》わない。
ピ、ピ、ピ。
脈《みゃく》を刻《きざ》んでいるはずのその音《おと》が、ぼくの心《こころ》を冷《ひ》やしていく。

こわくはなかった。

ただ、悲《かな》しい。

ぼくはもう一度《いちど》、目《め》をつむろうとする。

すると、どこからか誰《だれ》かの泣《な》き声《ごえ》が聞《き》こえてきた。赤子《あかご》のように体《からだ》いっぱい、自由《じゆう》に泣《な》きさけんでいるその声《こえ》。どこかで聞《き》いたことのある声《こえ》。

これは……。

そう、モモの声《こえ》だ。

モモが泣《な》いている？

それは、よくないな。モモが泣《な》くと、またあの悪夢《あくむ》におそわれ……。

そこでぼくは、閉《と》じかけていた瞳《ひとみ》をぱっとひらいた。

両親《りょうしん》が、おどろいたようにぼくを見《み》ている。しかしその顔《かお》は、すぐにぼうっとした能面《のうめん》のようなものに変《か》わった。

能面《のうめん》。仮面《かめん》。

さらにあたりを見《み》まわすと、まっしろな部屋《へや》の輪郭《りんかく》が少《すこ》しぼやけていることに気《き》がつく。おかしい。あまりに白《しろ》すぎる。あまりにまわりにものがない。それになにより、この部屋《へや》には……。

出口《でぐち》がない。

まるで、ぼくが彼《かれ》らと旅《たび》したあの脳内《のうない》のように。

そうだ。これは、夢《ゆめ》だ。

そう気《き》がついた時《とき》、ぼくの体《からだ》につながっていたあらゆる機械《きかい》のコードが、ぽろぽろとはがれ落《お》ち、ぼくの体《からだ》は急《きゅう》に軽《かる》くなった。

まるで、せなかに羽《はね》が生《は》えたみたいだ。

起《お》き上《あ》がると、右手《みぎて》にずしりと重《おも》みが加《くわ》わる。見《み》れば、いつの間《ま》にかぼくは、サノの剣《けん》をにぎっていた。

左手《ひだりて》には、辞典《じてん》の盾《たて》。腰《こし》の重《おも》みの正体《しょうたい》は、見《み》なくてもわかる。ウノのトランペットだ。

体《からだ》のまんなかが、じんと熱《あつ》くなった。

ふわりと、飛《と》び上《あ》がる。ウノの翼《つばさ》で。

部屋《へや》がぐんと小《ちい》さくなった。

父《ちち》のようなものも、母《はは》のようなものも、上《うえ》から見《み》ると、ただのぺらぺらとした紙切《かみき》れでしかない。

なにをこわがっていたのだろう。

なにを悲《かな》しがっていたのだろう。

大丈夫《だいじょうぶ》だよ、モモ。泣《な》く必要《ひつよう》なんてない。

ぼくは、自分《じぶん》にそう言《い》い聞《き》かせると、すぐに歌《うた》いはじめた。これまでなんども歌《うた》ってきた、きらきら星《ぼし》。それを今《いま》こそ、歌詞《かし》つきで歌《うた》おう。

その決心《けっしん》はぼくののどをあたため、言葉《ことば》をのせたメロディーが、ぼくの中《なか》と外《そと》を同時《どうじ》に駆《か》けめぐる。

すると、ぐっと、せなかの翼《つばさ》がさらに広《ひろ》がったかのような感覚《かんかく》のあとに、体《からだ》が上《うえ》へ上《うえ》へと持《も》ち上《あ》げられた。大《おお》きな翼《つばさ》の羽《は》ばたきで、紙仮面《かみかめん》の両親《りょうしん》は、ぶわりと、あっけなく吹《ふ》き飛《と》んでしまう。

ぐんぐんと空《そら》にのぼっていく。天井《てんじょう》に頭《あたま》をぶつけるなんてことはなかった。

どこまでも白《しろ》く、果《は》てしなく広《ひろ》がっているこの空間《くうかん》。

明《あか》るくて、なにもない。

本当《ほんとう》になにもないと、明《あか》るいということは、闇《やみ》よりももっとこわい。

でも、大丈夫《だいじょうぶ》。ぼくは落《お》ちついていられる。あの時《とき》、パラシュートがひらかなかった時《とき》、どんどん闇《やみ》に落《お》ちていった時《とき》、サノはどうしたか。

そう、闇《やみ》を斬《き》りさいた。

「1000引《ひ》く1は999。999引《ひ》く2は、997……」

ぼくは呪文《じゅもん》のように、その計算《けいさん》を口《くち》にする。ただ口《くち》にするだけではなく、適当《てきとう》なリズムをつけて、計算《けいさん》を音楽《おんがく》のようにはずませる。すると、右手《みぎて》が勝手《かって》に動《うご》き出《だ》した。

そうだ、行《い》け。

光《ひかり》を斬《き》りさけ。

ぼくは、右手《みぎて》を信《しん》じて目《め》をつむる。

すると、右手《みぎて》になにかをしとめた重《おも》い感覚《かんかく》が走《はし》った。強《つよ》い達成感《たっせいかん》が、足元《あしもと》から体《からだ》の芯《しん》をつたってのぼっていく。そして、頭《あたま》の中《なか》にとどまった。

大丈夫《だいじょうぶ》。もう、こわくない。

そうして、ぼくは目《め》を開《あ》けた。


「ゆう……。ゆ、う……？　優《ゆう》！」

目覚《めざ》めた時《とき》、ぼくには、お母《かあ》さんの笑顔《えがお》も涙《なみだ》も見《み》えなかった。

ぼくはただ、お母《かあ》さんに抱《だ》きしめられていた。

エピローグ

あの日《ひ》から、ずいぶんと時間《じかん》がたった。

実際《じっさい》のところ、僕《ぼく》の頭痛《ずつう》や呼吸困難《こきゅうこんなん》は、たいしたことはなかったようで、だからこそ、両親《りょうしん》と医者《いしゃ》は、僕《ぼく》が目覚《めざ》めない理由《りゆう》がわからず、こまっていたそうだ。だからといって僕《ぼく》も、「ちょっと、脳《のう》の中《なか》で迷子《まいご》になっていまして」とは言《い》えず、かといって両親《りょうしん》も、僕《ぼく》の脳《のう》みそを切《き》りひらいて、中《なか》を調《しら》べる、なんてことはしなかった。

と、そこまではよかったけれど、ほかについては連合長《れんごうちょう》が言《い》ったとおりで、目覚《めざ》めたからといって、僕《ぼく》の周《まわ》りが劇的《げきてき》に変化《へんか》している、なんてことはなかった。

ただ、退院《たいいん》してしばらくすると、僕《ぼく》はいつの間《ま》にか、言葉《ことば》で自分《じぶん》の気持《きも》ちを説明《せつめい》することがうまくなっていた。急《きゅう》におしゃべりになった僕《ぼく》に、両親《りょうしん》は最初《さいしょ》こそ、とまどっていたけれど、僕《ぼく》の変化《へんか》に慣《な》れると、仕事《しごと》の合間《あいま》をぬって、僕《ぼく》の話《はなし》をよく聞《き》いてくれるようになり、仕事《しごと》が忙《いそが》しい時《とき》は、前《まえ》よりもメールや電話《でんわ》をくれるようになった。僕《ぼく》が話《はな》すようになって話題《わだい》が増《ふ》えると、両親《りょうしん》も話《はなし》をしやすくなったのだ。それは、兄《あに》も同《おな》じだった。

しばらく家《いえ》で休《やす》んでから、学校《がっこう》へも行《い》った。最初《さいしょ》こそ緊張《きんちょう》したけれど、思《おも》いきって休《やす》んでいた間《あいだ》の授業《じゅぎょう》のことを、となりの席《せき》の子《こ》に尋《たず》ねたところ、その子《こ》は少《すこ》し引《ひ》きつった顔《かお》で、それでも親切《しんせつ》に教《おし》えてくれた。あとで聞《き》けば、僕《ぼく》が変《へん》におどおどしたり、つっけんどんな言《い》い方《かた》をしたりせず、笑《わら》って話《はな》しかけたことがよかったらしい。

そして、それをきっかけに僕《ぼく》は少《すこ》しずつ、いろいろな人《ひと》に話《はな》しかけるようになった。以前《いぜん》の僕《ぼく》は、初対面《しょたいめん》の人《ひと》に声《こえ》をかけるなんて恐《おそ》ろしくてとてもできなかったけれど、目覚《めざ》めてからは、緊張《きんちょう》はするものの、相手《あいて》にどんな声《こえ》、どんな表情《ひょうじょう》、どんな言葉《ことば》で話《はな》しかけるか散々考《さんざんかんが》えたあとならば、なんとか勇気《ゆうき》を出《だ》せるようになっていたのだ。

そして、人《ひと》と話《はな》し、いろいろな感情《かんじょう》と出会《であ》うようになると、少《すこ》し勉強《べんきょう》が楽《たの》しくなった。授業《じゅぎょう》で習《なら》ったことを覚《おぼ》えておけば、あとで家族《かぞく》とクイズ番組《ばんぐみ》を見《み》た時《とき》に、誰《だれ》よりも早《はや》く設問《せつもん》に答《こた》えられるかもしれない。宿題《しゅくだい》の漢字《かんじ》ドリルで面白《おもしろ》い例文《れいぶん》を作《つく》れば、先生《せんせい》が授業《じゅぎょう》で紹介《しょうかい》してくれて、クラスのみんなと話《はな》すきっかけができるかもしれない。と、そんなふうに目《め》の前《まえ》の問題《もんだい》を具体的《ぐたいてき》な楽《たの》しい感情《かんじょう》につなげることができるようになると、文字《もじ》や数字《すうじ》が頭《あたま》に入《はい》ってきやすくなった。

そうして培《つちか》った記憶力《きおくりょく》は、人《ひと》に話《はな》しかける時《とき》にも役立《やくだ》った。あの人《ひと》はこんな音楽《おんがく》が好《す》きだったな、あの本《ほん》が好《す》きだと言《い》っていたな、とささやかな会話《かいわ》の一言《ひとこと》を覚《おぼ》えていることで、次《つぎ》にその人《ひと》に会《あ》った時《とき》にも、前《まえ》ほど話題《わだい》にこまらなくなったのだ。

もちろん、それですべてがうまくいったなんてことはなかったけれど、両親《りょうしん》が、今《いま》の学校《がっこう》が合《あ》わなければ、転校《てんこう》か留学《りゅうがく》を考《かんが》えて、それが無理《むり》そうであれば、両親《りょうしん》の仕事《しごと》の助手《じょしゅ》になれば、なんて笑《わら》っていってくれたことが力《ちから》になった。

しかし、言葉《ことば》を話《はな》せば話《はな》すほど、傷《きず》つく回数《かいすう》も多《おお》くなった。言《い》い方《かた》を間違《まちが》えたり、

思《おも》わぬ誤解《ごかい》を生《う》んでしまったり。それは新《あら》たな悩《なや》みの種《たね》となって、僕《ぼく》に悪夢《あくむ》を見《み》せたけれど、そんな時《とき》は絵《え》を描《か》いた。空《そら》を飛《と》ぶ絵《え》だ。あわい色《いろ》づかいで、飛行機《ひこうき》や気《き》球《きゅう》、風船《ふうせん》、それから、トランペットを持《も》った天使《てんし》の絵《え》を描《か》いた。

描《か》いた絵《え》は人《ひと》には見《み》せなかったけれど、偶然《ぐうぜん》、家《いえ》で兄《あに》に見《み》つかってしまった際《さい》、「え、うそ、おまえ、絵《え》、むちゃくちゃうまいのな」と言《い》われた時《とき》はうれしかった。だから、その時《とき》、僕《ぼく》はひそかに自分《じぶん》の左手《ひだりて》を、右手《みぎて》でそっとなでた。

ただ不思議《ふしぎ》なことに調子《ちょうし》に乗《の》って、お風呂《ふろ》で鼻歌《はなうた》を歌《うた》ってしまった時《とき》にはびっくりした。数小節歌《すうしょうせつうた》っただけで自分《じぶん》でもわかるほど、僕《ぼく》は音痴《おんち》だったのだ。もしかするとそれは、自分《じぶん》の中《なか》の歌《うた》の根源《こんげん》が、あの時傷《ときき ず》ついてしまったからかもしれず、それに気《き》がついた時《とき》、僕《ぼく》は思《おも》わず左手《ひだりて》で右手《みぎて》を少《すこ》しつねった。

そうこうしているうちに、あの日《ひ》から、ずいぶんと時間《じかん》がたった。現実世界《げんじつせかい》で忙《いそが》しくしているうちに、正直《しょうじき》、あの時《とき》の記憶《きおく》は少《すこ》しずつ、薄《うす》れてきている。でも、それでも僕《ぼく》は、あの日々《ひび》のことを忘《わす》れていない。

思《おも》い出《だ》すのは、勝気《かちき》で自信家《じしんか》の僕《ぼく》の左脳《さのう》。

穏《おだ》やかで賢明《けんめい》な僕《ぼく》の右脳《うのう》。

世話焼《せわや》きで気遣《きづか》い屋《や》の僕《ぼく》の脳梁《のうりょう》。

大《おお》きな夢《ゆめ》を抱《いだ》いたちょっぴりまぬけな僕《ぼく》の小脳《しょうのう》。

冷静《れいせい》でいつも忙《いそが》しい僕《ぼく》の海馬《かいば》。

泣《な》き虫《むし》で人騒《ひとさわ》がせな僕《ぼく》の扁桃体《へんとうたい》。

見《み》えないところで常《つね》に働《はたら》く縁《えん》の下《した》の力持《ちからも》ち、僕《ぼく》の間脳《かんのう》と脳幹《のうかん》。

皆《みな》からの信頼《しんらい》があついまとめ役《やく》、僕《ぼく》の前頭連合野《ぜんとうれんごうや》。

それから……。

内気《うちき》で思慮深《しりょぶか》く、みんなが懸命《けんめい》に作《つく》り出《だ》した答《こた》えを、「僕《ぼく》」のところまで必死《ひっし》に送《おく》り届《とど》けてくれる、頑張《がんば》り屋《や》の僕《ぼく》のクオリア。

僕《ぼく》の頭《あたま》の中《なか》の物語《ものがたり》は、今《いま》もここで、脈々《みゃくみゃく》と紡《つむ》ぎ続《つづ》けられている。

そのことを、僕《ぼく》は忘《わす》れていない。

僕《ぼく》は一人で、けれど、常《つね》に一人ではない。

この外界《がいかい》を彩《いろど》る様々《さまざま》な恐怖《きょうふ》と戦《たたか》いながら、むくむくと成長《せいちょう》していく僕《ぼく》の中《なか》の小人《こびと》たちを見捨《みす》てることなんて、僕《ぼく》にはできない。そして、彼《かれ》らだって、僕《ぼく》を見捨《みす》てはしないだろう。

だから僕《ぼく》は今日《きょう》も、彼《かれ》らが出《だ》した答《こた》えを持《も》って歩《ある》き続《つづ》ける。

僕《ぼく》はあの日々《ひび》のことを、今《いま》も、確《たし》かに覚《おぼ》えている。


（おわり）

著者
久米　絵美里（くめ・えみり）
1987年、東京都生まれ。慶應義塾大学法学部政治学科卒。第5回朝日学生新聞社児童文学賞を受賞後、『言葉屋　言箱と言珠のひみつ』でデビュー。著書に「言葉屋」シリーズ。朝日小学生新聞で「君型迷宮図」を連載（2018年7～9月）。

表紙・挿絵
元本モトコ（もともと・もとこ）
1982年東京都生まれ。イラストレーター。雑貨や冊子の挿絵などで活動。児童書の挿絵は今回がはじめて。

久米絵美里先生へのお手紙は、朝日学生新聞社出版部まで送ってください！
〒104-8433　東京都中央区築地 5-3-2　朝日新聞社新館 9 階
朝日学生新聞社出版部「君型迷宮図」係

君型迷宮図

２０１８年12月25日　初版第１刷発行
２０１９年２月５日　　第２刷発行

著　者　久米　絵美里

発行者　植田　幸司
発行所　朝日学生新聞社
〒１０４・８４３３　東京都中央区築地５－３－２　朝日新聞社新館９階
電話　０３・３５４５・５４３６（出版部）
http://www.asagaku.jp/（朝日学生新聞社の出版案内など）

印刷所　株式会社　シナノ　パブリッシングプレス

乱丁、落丁本はおとりかえいたします。

朝日小学生新聞２０１８年７～９月の連載「君型迷宮図」を加筆修正し、再構成しました。

ISBN 978-4-909064-55-4